임진운 판타지 장편 소설

FANTASY FRONTIER SPIRIT

조각의주인

조각의 주인 3

임진운 판타지 장편 소설

초판 1쇄 찍은 날 § 2014년 4월 17일
초판 1쇄 펴낸 날 § 2014년 4월 24일

지은이 § 임진운
펴낸이 § 서경석

편집부장 § 권태완
편집책임 § 이효남
디자인 § 이혜정

펴낸곳 § 도서출판 청어람
등록번호 § 제387-1999-000006호
등록일자 § 1999. 5. 31
어람번호 § 제1-1831호

주소 § 경기도 부천시 원미구 부일로 483번길 40 서경B/D 3F (우) 420-822
전화 § 032-656-4452 팩스 § 032-656-4453
http://www.chungeoram.com
E-mail § chungeorambook@daum.net

ISBN 979-11-5681-988-2 04810
ISBN 979-11-5681-936-3 (세트)

FANTASY FRONTIER SPIRIT

조각의 증인

임진운 판타지 장편 소설

Master of Fragments

3

청어람
도서출판

CONTENTS

로 드 브 로 이 덴

Master of Fragments

　발로인 북부 끝자락, 하이멜 제후국과의 경계인 노르딘 산
이 우뚝 서 있다. 과거 하이멜 지역과 연방이 되기 전 발로인
의 방벽이 되었던 산.

　수많은 절벽과 기암(崎岩)으로 이루어진 노르딘 산은 하이
멜 군대의 진군을 방해하였다. 덕분에 발로인은 잦은 침략을
이겨내고 통일 전쟁에 승리, 하이멜을 제후국으로 삼을 수 있
었다.

　그 이후, 외부인이 접근하기 힘든 지형으로 인해 다양한 은
자(隱者)들이 찾아들었다. 그중에는 세상을 등진 현자도 있었

고, 세력을 잃은 마법사도 있었다.

세월이 흐르면서 그들은 하나의 단체로 이루어졌다. 바로 '현자의 탑' 이 그것이었다.

현자들과 마법사들은 세상으로의 회기를 꿈꾸며 자신들의 지식과 마법을 팔기 시작했고, 포탈타워와 룬아머 제작, 마도석 판매 등을 통해 막대한 이윤 추구를 하게 되었다.

─휘이이이잉!

일 년 내내 매서운 바람이 불어오는 오지. 검푸른색의 거대한 탑이 하늘에 닿을 듯 서 있었다.

늦은 밤, 탑을 향해 달리는 한 마리의 말이 있었다.

탑의 보초를 서던 마법사 한 명이 아래를 내려다보며 외쳤다.

"누구시오? 해가 떨어지면 탑에는 들어올 수 없다는 것을 모르시오?"

말의 위에 앉아 있던 남성이 피식 웃으며 품으로부터 금속패를 내보였다.

"흥! 붉은 랜스의 레기어스가 룬아머 개조 건으로 로드 브로이덴을 만나러 왔다고 전해라!"

현자의 탑 수장인 로드 브로이덴의 이름이 나오자 탑 위가 소란스러워지는 듯했다. 얼마 지나지 않아 도개교가 열리며 탑 안으로 들어갈 수 있었다.

얼굴을 후드로 가린 마법사가 레기어스를 안내했다. 나선형으로 만들어진 탑의 계단을 걸어 올라가던 레기어스가 투덜거렸다.

"올 때마다 느끼는 것이지만 참 불편한 탑이로군. 현자들은 헛 공부를 했다는 생각이 가시질 않으니……."

앞장서 안내하던 마법사가 칼칼한 목소리로 나직이 대꾸했다.

"적들이 쳐들어왔을 경우, 그들에게 편한 길을 내줄 필요는 없지요."

레기어스가 눈을 얇게 뜨며 되물었다.

"흐음, 연방제국 내에서 현자의 탑과 다툴 만한 적이 있기라도 하단 말인가?"

잠시 뜸을 들인 마법사가 대답했다.

"혹시라도 둔켈이 쳐들어올 수도 있지 않겠습니까? 이제 다 왔습니다."

레기어스는 자신이 올라온 나선형 계단의 아래를 내려다보았다. 계단 주변으로 마도석 등불이 켜져 있었지만, 끝이 보이지 않을 높이였다.

"정말 높군. 여기서 떨어진다면 룬아머를 입더라도 뼈를 추리기 힘들겠어."

그렇게 말한 레기어스가 문이 열린 방 안으로 들어섰다.

"로드, 레기어스 플러드 경께서 오셨습니다."

방 안으로 들어서자 퀘퀘한 책 냄새가 레기어스의 코를 자극했다. 천장 근처에 뚫려 있는 작은 창 빼고는 사면 모두 서가로 이루어져 있었다. 방 중앙은 넓은 테이블 여러 개가 자리 잡았고, 그 위로 온갖 희귀한 것들이 올려져 있었다.

"어디보자… 좋아, 순도가 아주 높아졌군. 이 정도면 최고급 마도석을 만드는데 문제가 없겠어."

테이블과 테이블 사이에 반 대머리에 하얀 수염을 가슴까지 기른 노인이 혼잣말을 중얼거리며 뭔가에 열중하는 중이었다.

"흠! 흠! 로드, 레기어스 플러드 경께서 오셨습니다."

헛기침을 하며 다시 한 번 말하자 노인은 그제야 기척을 느낀 듯했다. 쭈글쭈글거리는 손으로 들고 있던 보석조각 하나를 붉은 비단 위에 내려놓은 그는 눈에서 확대경을 떼며 고개를 들었다.

"뭐라고? 플러드 경이 오셨다고?"

이 나이를 짐작할 수 없는 모습의 노인이 현자의 탑 수장인 로드 브로이덴이었다.

"오! 정말이로군. 껄껄! 용서하시오. 나이를 먹다보니 귀가 잘 안 들려서 말이야. 그보다 플러드 경께서 이 야심한 밤에 이 벽지까지 어쩐 일이시오?"

"단 둘이 조용히 이야기를 좀 하고 싶은데……."

브로이덴은 그들을 안내해 온 마법사에게 나가라는 손짓을 했다.

―쿠웅!

문이 닫히는 소리가 들리자 브로이덴의 집무실이 조용해졌다. 브로이덴의 한쪽 입꼬리가 살짝 올라갔다.

"끌끌끌! 이제 마음 편하게 이야기하시오. 야심한 밤에 이 늙은이를 찾아온 이유가 무엇인지……."

레기어스가 탁자 위의 붉은 용액이 든 시험관 하나를 들어 휘휘 돌렸다.

"별 희안한 것들이 다 있구료."

그것을 유심히 보던 레기어스는 금세 호기심을 잃은 듯 제자리에 내려놓았다.

"이번 발로인의 일에 대해 물어보고 싶은 것이 좀 있어서 말이오."

브로이덴은 그가 무슨 말을 하는지 모르겠다는 듯 어깨를 으쓱였다.

"그 일에 대해 무엇을 묻는다는 말이오? 모든 일이 시나리오대로 순조롭게 잘 진행되고 있지 않았소?"

"시나리오? 그것 좀 다시 한 번 말해주시겠소?"

"끌끌, 기억이 잘 안 나신다니 다시 한 번 일깨워 드리겠소. 둔켈들이 출몰하여 발로인을 어지럽힌다. 그리고 붉은 랜스 길드의 룬아머러들과 길드장인 레기어스 플러드 경이 멋지게 둔켈들을 처리한다. 결국 발로인 시민과 귀족들의 인기를 한 몸에 받으며 황제에 못지않는 영향력을 갖게 된다. 뭐, 이런⋯⋯."

브로이덴의 말이 끝나기도 전에 레기어스가 소리를 질렀다.

"바로, 멋지게 해결한다는 부분이 마음에 들지 않았단 말이오!"

"호오, 그 부분이 어떻게 마음에 들지 않다는 것인지⋯⋯."

"이번 둔켈 침공으로 내 수족 같은 부하가 무려 8명이나 목숨을 잃었소! 왜 전혀 이야기가 없던 엑스터급 둔켈을 소환한 것이오! 나는 발로인의 혼란을 원했던 것이지 파멸을 원했던 것이 아니란 말이오!"

브로이덴은 멋쩍은 얼굴을 하며 두 손을 모아 가볍게 고개를 숙였다.

"오오! 그 이야기를 하시는 것이구료. 그 점은 이몸이 사과 드리겠소."

잠시 흥분을 가라앉힌 레기어스는 그의 이야기를 듣기로 했다.

"우리라고 둔켈의 소환을 완벽하게 컨트롤 할 수 있는 것은 아니라오. 어느 정도는 둔켈들이 흘리는 마도력의 힘을 감지해서 선택적으로 소환할 수 있지만, 오차라는 것이 있는지라… 그 엑스터급 둔켈이 갑자기 소환된 것도 우리가 원해서 그런 것이 아니라는 점을 이해해 줬으면 좋겠소만……."

레기어스는 눈을 부라리며 브로이덴을 노려보았다.

"정녕 한 치의 고의가 없었다?"

"허허헛! 어디 이를 말이오? 당연히 한 치의 고의도 없었다고 당당히 말씀드리겠소."

"좋소, 이번은 그냥 넘어가 드리리다. 하지만 앞으로 이런 일이 한 번 더 발생한다면 그때는 가만히 있지 않을 것이오."

"이해해 주신다니 너른 아량에 감사드리오. 허헛!"

브로이덴의 굽신거리는 모습이 화가 조금 누그러진 레기어스가 물었다.

"기왕 온 김에 다음 진행사항을 직접 듣고 싶은데……."

"모든 것이 본 탑 현자들의 계획대로 진행되고 있으니 플러드 경은 전혀 신경 쓰지 않으셔도 좋소. 아주 천천히 발로인은 둔켈들에게 농락당하게 될 것이고 결국 황제는 플러드 경에게 의지하지 않을 수 없을 것이오. 결국 그토록 열망하던 황제의 홀은 자연스럽게 경의 손으로 넘어가게 될 것이고……."

"다른 유사인종들은?"

"요정족과 야수족 역시 자신들의 눈앞에 떨어진 둔켈들 때문에 정신없을 테니 황제의 원조 요청에 응할 수 없을 것이오. 결국 기댈 곳은 붉은 랜스 길드밖에 없다는 뜻이겠지요."

머릿속으로 계획을 한 번 더 되짚어 보던 레기어스는 고개를 끄덕이며 몸을 돌렸다.

"그럼 그렇게 알고 돌아가겠소."

문득 브로이덴이 물었다.

"그보다 이것은 이 늙은이의 지극히 개인적인 질문인데… 친 누님과 조카를 제거하고 스스로 황제 위에 오르려는 것에 전혀 가책을 느끼지 않으시오?"

잠시 걸음을 멈춘 레기어스가 웃음을 터뜨렸다.

"후훗! 강자존! 무능한 어린 조카가 황제의 자리에서 나약하게 있는 꼴을 보면 속이 뒤틀린다오. 조만간 황제의 홀을 손에 넣는다면 그야말로 강력한 황제가 되어 동방의 괄란과 남방의 에힐란드까지 헤일런 연방왕국에 귀속시킬 것이오."

"흐음, 참 흥미로운 분이오. 플러드 경은……."

이번에는 레기어스가 물었다.

"나도 하나 물어봅시다."

"무엇이오?"

"로드 브로이덴께서는 그렇게까지 황금에 집착하는 까닭은 무엇이오? 둔켈을 소환해서까지 황궁의 황금을 손에 넣으려는 까닭이… 이 사실이 발각된다면 전 유사인종들의 공적이 될 것은 불 보듯 뻔할 텐데."

황금이라는 이야기가 나오자 브로이덴의 동공이 뿌옇게 풀렸다.

"끌끌끌! 황금! 세상에서 가장 아름답게 빛나는 물질. 그저 그것을 갖고 싶을 뿐이라오."

"마치 드래곤이 환생하기라도 한 것 같구료."

속물 같은 표정의 브로이덴을 경멸 어린 눈빛으로 바라보던 레기어스는 걸음을 재촉했다.

"그럼 다음번에는 함께 축배를 들 만한 소식을 가지고 만나도록 합시다."

─쿠웅!

두툼한 문이 요란한 소리를 내며 닫히자 브로이덴은 구부정한 허리를 쭈욱 폈다. 그의 키는 약 20셀리 이상 커졌으며 힘없는 노인의 표정이었던 얼굴에는 냉막함이 내려앉아 있었다. 그리고 그의 두 눈동자에 붉은빛이 감돌기 시작했다.

"크크크! 저놈의 딱딱한 면상을 볼 날도 얼마 남지 않았구나. 그깟 쓸데없는 황위를 위해 제 핏줄을 제거하려는 우둔한 놈."

브로이덴은 레기어스가 만지던 시험관을 집어 들더니 좌우로 흔들었다. 그러자 속의 붉은 액체는 마치 살아 움직이는 것처럼 움직이더니 갑자기 이빨을 드러내 브로이덴의 손을 물려고 했다.

"어이쿠! 이 난폭한 녀석. 네가 레기어스를 물까 봐 조마조마했단다. 크크큭!"

밀폐된 방 안에 바람이 휘몰아치며 검은 그림자가 모여들었다.

―휘이잉!

하나로 뭉친 검은 그림자는 서서히 사람의 형태를 이루더니 키 작은 남성의 모습으로 바뀌었다.

"로드, 마스터 쿨린입니다."

"음, 마침 잘 왔네. 다른 마스터들로부터의 특별한 소식이 있는가?"

"굴라쉬, 잉그람, 게오르그 모두 계획대로 움직이고 있습니다. 특히 마스터 게오르그로부터 소식이 조금 흥미롭습니다."

"어떤 소식인가?"

"청동 날개 길드의 광창 슈반스를 사로잡았다고 합니다."

"으음? 그 유명한 슈반스를 사로잡았다고? 맞싸워 생포했을 리는 없겠고, 설마 '무력(無力)의 눈'을 사용한 겐가?"

조금 언짢은 표정을 짓자 쿨린은 두려움에 어깨를 떨며 브로이덴의 눈치를 살폈다.

"어쩔 수 없었습니다. 마스터 게오르그의 성격상 필요 없이 무력의 눈을 사용하지는 않았을 겁니다."

"쿨린, 지금 편을 드는 것인가?"

"아… 아닙니다. 저는 그저……."

"됐다! 가급적이면 대사(大事)를 벌이기 전까지는 쓰지 않기를 바랐는데……."

"마스터들에게 주의하라 전하겠습니다, 마이 로드."

흰수염을 쓸며 잠시 생각에 잠기던 브로이덴은 자신이 들고 있던 시험관을 눈앞으로 들어 올렸다. 그리곤 재미있다는 듯 웃으며 말했다.

"크크큭! 좋은 생각이 났다. 슈반스를 현자의 탑으로 이송하게 하거라. 물론 아무도 눈치를 채지 못하도록……."

"예, 마이 로드."

"아, 그리고 이제 두 번째 계획을 시행하도록 마스터들에게 전달하도록."

두번째 계획이라는 말을 들은 쿨린의 얼굴에 희열의 기색이 흘렀다.

"벌써 그때가 된 것입니까?"

"크큭! 룬아머러 길드가 뿔뿔이 흩어질 때부터 이미 발로인은 붕괴되기 시작했다. 더 이상 기다릴 필요는 없겠지. 고작 엑스터급 둔켈 한 마리 때문에 저렇게 길길이 날뛸 정도면 더 이상 볼 것도 없다.”

“알겠습니다, 마이 로드.”

고개를 깊숙이 숙인 쿨린의 몸은 검은 연기처럼 흩어졌다. 브로이덴은 뭐가 그리 재미있는지 연신 웃음을 터뜨리며 자신만의 생각에 잠기고 있었다.

*   *   *

예복을 차려입은 헥터는 마차의 차창 밖으로 발로인을 내다보았다. 시민들은 곳곳에서 둔켈들의 침공으로 인해 무너진 건물을 보수하는 중이었다. 그들의 얼굴에서 깊은 두려움을 읽어낸 헥터는 안타까운 한숨을 내쉬었다.

마차는 황궁의 정문에 세워졌다. 흰색에 황실의 문장을 가슴에 새긴 룬아머러. 그 역시 며칠 전 둔켈과의 전투를 치루었는지 룬아머 곳곳에 상처가 남아 있었다. 근위병이 마차 안을 들여다보았다. 그는 헥터의 얼굴을 알아봤는지 경례를 붙였다.

“안녕하십니까. 헥터 길버트 경. 용건이 무엇입니까?”

“황제 폐하 알현이네.”

“네! 방명록에 서명 부탁드리겠습니다.”

“여기 있네. 수고하게나.”

근위병에게 건네받은 방명록에 서명을 하자 마차는 다시 움직이기 시작했다. 화려하던 황궁의 정원은 조용했다. 중앙로에서 화려하게 물을 뿜던 분수도 가동을 멈추었다. 다행스럽게도 황궁은 둔켈들의 침공에 직접적인 피해가 없는 듯했다.

마차에서 내려 익숙한 걸음으로 대회의장으로 향했다. 이미 황제와 면담요청을 한 상태였기에 기다릴 것이 없었다.

대회의장 앞 역시 두 명의 근위병이 서 있었다. 둔켈이 침략한 이후였기에 근위병들이 황제를 수행하는 것이었다.

"안에 폐하 계시는가?"

"예, 헥터 길버트 경. 기다리고 계십니다."

대회의장으로 들어가려던 헥터는 잠시 발걸음을 멈추었다. 그의 등 뒤에서 익숙한 마도력의 흐름을 느꼈기 때문이었다. 그는 뒤를 돌아보지 않고 말했다.

"플러드 경께서도 폐하를 알현하실 예정이셨군요?"

다가온 레기어스가 헥터의 옆에 나란히 섰다. 그는 퉁명한 목소리로 대답했다.

"길버트 경께서 황제 폐하를 알현한다고 하시길래 함께 하고자 기다리고 있었소. 마침 둔켈들의 침공으로 인한 전력 피해상황이 집계되어서 황제 폐하께 보고 드리려 할 차였거든요."

자신이 황제와 만나기로 한 사실이 이미 레기어스의 귀에 들어갔다는 사실에 조금 놀랐지만, 겉으로 드러낼 수 없었다.

"전력 피해상황이라면 기밀사항일 텐데, 제가 함께 들어도 괜찮겠습니까?"

"함께 둔켈로부터 헤일런 연방왕국을 지키는 입장이시니 당연히 아셔야 할 내용들이오."

"그렇게 생각해 주시니 감사드립니다."

대회의장의 문이 좌우로 열렸다.

넓은 회의 테이블의 가장 중앙에 클레멘스 5세가 앉아 있었다. 그 역시 레기어스의 등장에 당황한 표정이었지만, 금세 원래의 신색을 되찾았다.

"플러드 경과 함께 오셨군요. 길버트 경."

"방금 앞에서 만났습니다, 폐하. 플러드 경 역시 폐하께 전력 피해상황 보고를 드린다고 하는군요."

"그렇군요. 그럼 자리하시죠."

레기어스가 자신이 가지고 온 자료를 펼치며 이야기를 꺼내었다.

"먼저 집계 된 전력 피해상황을 보고 드리겠습니다. 발로인 방어를 맡은 저희 붉은 랜스는 총 8명의 룬아머러가 전사, 4명의 룬아머러가 중경상을 입었습니다. 또, 시가지 전투에 지원한 황실 근위단 단장을 비롯한 5명의 황실 근위단 룬아머러가 전사하여 황궁 방어능력도 현저하게 떨어져 있는 상황입니다."

단 한 번의 전투치고는 상당히 큰 피해상황이었기에 황제와 헥터의 입에서 침음성이 흘러나왔다. 별다른 감정을 내비치지 않은 레기어스는 계속해서 자신의 자료를 읽었다.

"현재 가용 전력은 붉은 랜스 룬아머러 21명, 황실 근위단 룬아머러 15명입니다. 앞으로 다시 한 번 이런 규모의 둔켈 침공이 발생한다면 효과적인 방어가 어려울 뿐만 아니라, 조기 진압이 불가능하여 민간의 피해가 더욱 커질 것으로 예상됩니다."

황제가 침음성을 흘렸다.

"흐음, 생각보다 피해가 큰 것 같군요."

"예상치 못한 엑스터급 둔켈의 출현으로 인해 많은 사상자가 생겼습니다."

"그럼 앞으로 어떻게 하면 좋겠소?"

레기어스는 황제와 헥터의 얼굴을 번갈아보며 대답했다.

"룬아머러 동원령을 내려 부족한 전력을 보충해야 합니다."

헥터가 생각하더라도 레기어스의 판단은 틀리지 않았기에 그의 제안에 동의했다.

"방어태세를 갖추지 못한 것이 이런 큰 피해를 가지고 왔다고 해도 과언이 아닙니다. 하지만 지금부터는 만반의 태세를 갖추어야겠지요. 발로인에 거주하는 룬아머 소지자는 100여 명. 동원령을 발하여 그들을 전력으로 끌어올린다면 국지적인 둔켈의 침공을 막는 데는 어려움이 없을 것입니다."

헥터는 레기어스에게 시선을 돌리며 말을 이어나갔다.

"붉은 랜스 길드의 정예를 2할이나 잃은 것은 발로인 방어에 적지 않은 손해가 되겠군요. 제후국에 파견된 룬아머러 길드 중 하나를 복귀시키지 않아도 괜찮겠습니까?"

그의 말이 레기어스의 자존심을 건들인 듯 언성이 높아졌다.

"고작 이런 일로 다른 룬아머러 길드를 복귀시킨다면 웃음거리밖에 더 되겠소? 붉은 랜스는 내가 알아서 전력보충을 할 테니 신경쓰지 마시오!"

"흐음, 그렇게까지 자신하신다면야."

황제의 앞에서 언성을 높이는 것은 불손하기 짝이 없는 행동이었지만, 황제와 레기어스 사이의 미묘한 관계를 잘 알고 있었기에 추궁할 수 없었다.

헥터가 무거운 침묵을 환기시키며 말했다.

"이번 둔켈의 침공에는 하나의 큰 의문이 있습니다. 바로 발로인 외곽 경비대가 둔켈 20마리, 그중에서 엑스터급의 둔켈이 있음에도 침입 시점까지 놈들의 이동을 발견하지 못했다는 점입니다. 그것도 도심 한복판이라 할 수 있는 엘런가에서 처음 발견되었다는 것이죠."

황제 역시 이미 그에 대한 보고를 받은 듯 고개를 끄덕였다.

"짐 역시 그에 대해 의문을 가지고 있었소. 이것은 분명 둔켈들이 도심 한복판에서 솟아났다고밖에 볼 수 없지 않소?"

둘의 이야기를 듣고 있던 레기어스가 무표정하게 말했다.

"그 문제에 대해서는 제가 미리 조치를 취해놓았습니다. 지금 붉은 랜스의 룬아머러들이 엘런가 근방을 모두 조사하고 있지만 아직까지는 이렇다 할 결과가 나오지는 않고 있습니다. 실마리가 나오면 바로 보고 드리겠습니다. 물론, 길버트 경께도 연락을 드리죠."

"플러드 경께서 손을 빨리 쓰셨군요. 보통이라면 황실에서 조사단을 내보내는 쪽이 맞을 텐데요."

레기어스의 눈썹이 꿈틀거리는가 싶더니 금세 평소의 신색을 유지하며 대답했다.

"만에 하나 앞으로 또다시 같은 일이 반복되지 않게 하려면 미리 대비를 하는 수밖에요."

뭔가 미심쩍은 느낌이 있었지만, 지금 헥터의 입장에서는 레기어스의 이야기를 그대로 받아들일 수밖에 없었다.

"혹시 그 외에 의논할 만한 이야기가 있소?"

레기어스가 묻자 헥터는 잠시 주춤했다. 사실 그가 황제를 찾아온 이유 중 하나는 현자의 탑에서 만드는 룬아머에 대한 이야기를 하고자 했다. 품에 크리스가 준비해준 자료들이 있었으나 헥터는 황제와 단둘만의 시간을 기다리기로 했다.

"아니오, 없습니다."

"흠, 그렇다면 저는 폐하와 황궁 근위단장직 승계에 대해 의논을 하고 싶은데, 실례가 되지 않는다면 자리를 좀 비켜주실 수 있겠소? 길버트 경."

헥터는 황제의 얼굴을 바라보았다. 황제가 고개를 가볍게 끄덕이자 헥터는 먼저 자리에서 일어났다.

"그러시다면 자리를 비켜드리겠습니다, 플러드 경. 한시라도 빨리 실마리가 잡히길 기대하겠습니다."

"염려 말고 돌아가십시오. 아, 듣자 하니 슈반스가 명령을 어기고 나가 실종되었다고 하던데… 소식은 있소?"

슈반스의 이름이 거론되자 헥터의 얼굴은 눈에 띄게 굳었다.

"아직은 없습니다. 계속 수색 중이니 조만간 뭔가가 나오겠죠."

"청동 날개의 오른팔이었는데, 상심이 크겠군요. 한시라도 빨리 슈반스의 행적이 발견되길 바라겠습니다."

"걱정해 주셔서 감사드립니다. 그럼 저는 이만."

레기어스의 입에서 슈반스가 거론되자 언짢아진 헥터는 가벼운 목례를 황제에게 건네며 대회의장에서 빠져나갔다. 레기어스는 그런 헥터를 바라보며 만족스런 얼굴을 하고 있었다.

*　　*　　*

황실에서 돌아온 헥터는 무거운 얼굴로 자신의 집무실로 올라갔다. 펠러에게 벨드를 불러달라 요청한 그는 손때 묻은 파이프에 연초를 재워 넣고 마도력을 모아 불을 붙였다. 노릇한 연기가 입 안에 머금어졌다 뿜어지자 마음이 조금 진정됨을 느꼈다.

"후우… 레기어스……."

깊은 생각에 빠지며 파이프를 뻑뻑 빨아보았지만 불은 금세 꺼져 있었다. 다시 불을 붙일 때 노크 소리가 들려왔다.

―똑똑!

"벨드입니다."

"들어오거라."

헥터의 집무실로 들어온 벨드가 그의 얼굴을 살폈다.

"안색이 안 좋으시군요. 무슨 일이 있으셨습니까?"

"오전에 크리스가 작성해 준 현자의 탑 룬아머에 대한 의혹을 황제 폐하께 보고들이기 위해 알현을 요청했단다. 하지만 레기어스가 끼어들어 고스란히 가지고 왔지."

"흐음, 레기어스 플러드 경이 길드장님의 행동을 견제하고 있나 보군요."

"그렇단다. 그런데 그의 태도가 미심쩍은 면이 있구나."

"어떤 점이……."

"뭔가 꿍꿍이를 가지고 있는 것이 틀림없다고 생각한단다. 붉은 랜스를 제외하곤 모든 룬아머러 길드가 제후국으로 뿔뿔이 흩어졌다. 그리고 수십 마리의 둔켈이 발로인에 침공했음에도 어떠한 두려움도 그의 얼굴에서 찾아볼 수 없었지. 지난 100년간 전장을 누린 나조차도 앞으로의 일을 두려워해야 할 상황에 어떻게 그렇게 여유로울 수 있는 것인가?"

"그렇다면 그가 이번 발로인 둔켈 침공에 연관이 있다고 말씀하시는 것인가요?"

"일단 내 직감은 그렇게 말하고 있구나. 미리 알기라도 한 듯 둔켈의 첫 목격지 조사에 대해서도 발 빠르게 움직이고 말이야."

"흐음, 물증을 잡아내야만 하겠군요."

"그래서 말인데, 네가 오늘 밤 둔켈의 첫 출몰지인 엘런가로 가서 상황을 조사해 줬으면 좋겠구나. 원래라면 게하드가 이 일을 맡아줬을 테지만……."

"네! 알겠습니다."

벨드가 자신 있게 말하고 나서자 헥터의 마음이 조금 진정되는 듯했다. 그는 그제야 파이프의 맛을 음미하며 여유를 가질 수 있었다.

밤이 되자 벨드는 검은색 전투복 차림으로 청동 날개 길드의 옥상으로 올라갔다. 제법 푸근해진 낮과는 달리 아직 밤바람은 차가웠다. 근 반년이라는 짧은 시간 동안 마도력의 수위가 익스퍼트급에 올라있었다. 더 이상 추위는 그에게 장애가 되지 않았다. 오히려 산듯한 느낌이라 생각한 벨드는 가즈아머의 인에 마도력을 주입했다.

ー차앙!

금속음과 함께 가즈아머가 펼쳐지며 그의 몸을 휘감았고, 쉐이프 일루전 마법진이 발동되며 묵빛의 룬아머로 변하였다.

ー스윽!

그의 모습은 순식간에 어둠 속에 묻혔다.

"자, 가볼까?"

'흠, 빛의 상징인 가즈아머가 이런 검은 색으로 변하다니, 자존심 상하는군. 누누이 말하지만 딱 1년이다, 애송이!'

"알았으니까 여러 번 강조하지 말라고!"

엘락의 투덜거림을 단칼에 자른 벨드는 엘런가 쪽으로 방향을 잡으며 가즈아머에 마도력을 흘려 넣었다. 그의 몸은 가볍게 공중으로 떠오르며 건물 몇 채를 뛰어넘었다. 순식간에 어둠 속 하나의 점이 되어 사라졌다.

벨드가 엘런가에 도착한 것은 그로부터 얼마 지나지 않아서였다. 건물의 옥상에서 내려다보니 길의 골목골목마다 군인들이 순찰을 돌고 있었는데, 또다시 이곳에서 둔켈이 출현할시 우선적으로 비상신호를 하기 위한 수단이었다.

"흐음, 이렇게 넓은 곳에서 어떻게 실마리를 찾지? 무슨 방법이 있겠냐?"

'답답하면 나에게 기대려고 하는군.'

"그래도 넌 일종의 신이잖냐. 뭐랄까 전능할 것 같은 느낌이랄까?"

'전능했다면 네 몸에 갇혀 있을 리 없지 않겠냐. 주신이라면 모를까 하급신은 주어진 능력만 갖는다.'

"아, 궁금한 것이 있었는데, 정말 헤케로스 신이 계신 거냐? 네가 말하는 주신이 헤케로스 신인 거야?"

'멍청한 녀석, 그건 인간이 붙인 이름에 불과하지 않아. 그냥 주신은 주신인거다. 그보다 둔켈에 대한 실마리를 찾고 싶었던 거 아니냐?'

"웅, 그렇지."

'서쪽의 높은 건물에서부터 응집된 마도력의 흔적이 흘러

나오고 있다. 그쪽부터 살펴보는 편이 좋을 것 같군.'

"서쪽이라… 어느 방향이지?"

'나 참… 네 왼쪽이다.'

"응 고맙다."

벨드는 엘락이 가리킨 방향으로 건물 하나를 뛰어 넘었다. 그리고 맞은편에 벽 한쪽이 반쯤 무너져 내린 폐건물이 있었는데, 붉은색의 외투를 걸친 두 명의 남성이 불을 쬐며 벽 앞에 앉아 있었다. 시력을 상승시켜 보자 그들의 가슴에는 피를 흘리는 랜스의 문장이 붙어 있었다.

"흠, 붉은 랜스 길드의 룬아머러들이군. 그런데 왜 이런 곳을 지키고 있는 것이지?"

'녀석들의 눈초리를 보면 주변을 경계하고 있다. 내부를 지키고 있는 것이 아니라 외부의 접근자를 감시하고 있는 것이지. 분명 뭔가가 있을 듯하군.'

"과연 그렇군. 그런데 어떻게 저들에게 들키지 않고 건물 내부를 살필 수 있을까?"

'세상의 생명체는 은연중에 무형의 기운을 내뿜고 있지. 미약한 마도력이라고 보면 된다. 네가 뿜어내는 무형의 기운을 자연스럽게 바꿔줄 테니, 너는 마도력의 방막을 만들어 주변으로 퍼져 나가는 소리를 막아라. 그럼 제 아무리 룬아머러라도 눈치를 챌 수 없을 거다.'

"오늘 따라 네가 대단해 보이는군. 그럼 시작한다."

벨드는 마도력을 끌어올리며 주변의 공기를 차단하였다. 그는 어두운 허공에 검은 그림자를 만들며 무너진 벽 사이로 뛰어들었다. 무거운 가즈아머를 걸친 상태로 땅에 착지하자 쿵 소리와 함께 나직한 진동이 주변으로 퍼졌다.

"으음, 눈치채지 못했나?"

벨드가 그림자 뒤에 숨어 기다려 봤지만, 벽 넘어의 룬아머러들은 별다른 움직임을 보이지 않았다. 그저 여자 이야기라든지 술 한잔하고 싶다는 시시껄렁한 대화였다. 벨드는 움직이기 불편하여 룬아머를 해제하였다.

"들키지 않은 것 같군."

'당연한 결과다.'

"음, 어디를 살펴봐야 할까?"

'건물 중앙에서 거대한 마도력이 응축되었던 흔적이 있다. 며칠만 지나면 사라지겠지만… 너희들이 말하는 어드벤서급의 마도력을 지닌 자가 대여섯 명은 모여 있었던 곳이다.'

"건물 중앙이라……."

소리가 완전히 차단되어 있었지만, 불안했던 벨드는 까치발로 건물의 중앙으로 걸어갔다. 가운데 서서 주변을 둘러보니 대리석 바닥에 원형을 이루며 새겨진 자국이 있었다.

"음? 원래 이 건물에 있었던 자국은 아닌 것 같은데… 하지만, 상당히 지워졌는걸?"

허리를 낮춘 벨드는 바닥의 돌조각과 먼지를 넓게 쓱쓱 문질러 치웠다.

"어떻게 보더라도 룬언어로 새겨진 마법진의 일부분이군. 엘락, 무슨 마법진인지 알아볼 수 있겠어?"

'아니, 너무 심하게 훼손되었다.'

"흐음, 이것 역시 의혹을 풀 실마리가 되지 못한다는 말인가? 누군진 모르지만 고위의 룬아머러가 마법진을 훼손했다는 건데……."

'고위의 룬아머러?'

"응, 마법진을 지운 흔적을 보면 표면이 매끈한 것이 마도력을 이용한 물리적 훼손이야. 마도력을 유형화하려면 최소한 익스퍼트급 이상의 룬아머러라는 것이지. 어떻게 보면 의외로 찾기 쉬울지도. 익스퍼트급의 룬아머러가 흔한 것은 아니니까 말이야."

'호오, 제법…….'

"어쨌든 남은 마법진이라도 외워가야겠다. 크리스에게 보여주면 어떤 실마리가 잡힐지도 몰라."

'이 규칙 없는 마법진 흔적을 외울 수 있단 말이냐?'

"뭐, 대충은……."

그렇게 말한 벨드는 주변의 마법진 조각조각을 눈에 새겨

넣고 머리에 기억하기 시작했다.

*　　　*　　　*

길드로 돌아온 벨드는 가즈아머를 해제하고는 곧장 미케
닉실로 향하였다. 그곳에는 대화를 나누고 있는 크리스와 카
일이 있었다.

"크리스, 이것 좀 봐줬으면 해."

"뭘 말이야?"

"길드장님께서 명령하셔서 둔켈 출몰 지역을 다녀왔어. 거
기서 마법진을 발견해서 말이야."

작업대 위를 치운 벨드는 종이 한 장을 깔아놓고 깃펜을 들
었다. 그리곤 자신이 외워놓은 마법진을 그려 나가기 시작했
다.

벨드의 손은 얼마의 시간이 지나지 않아 멈추었다. 위에서
한번 내려다본 벨드는 고개를 끄덕이며 깃펜을 내려놓았다.

"이거야."

크리스와 카일이 가까이와 종이의 그림을 살펴보았다. 입
술을 매만지며 이리저리 둘러보던 크리스가 말했다.

"마법진의 일부분인데? 이게 다야?"

"응, 일부러 훼손을 한 상태여서 건진 것은 이것밖에 없어."

마법진의 부분부분을 살펴보던 카일 역시 고개를 내저었다.

"역시 이것만으로는 무슨 마법진인지 알아내기는 힘들 것 같다. 마나코어는 물론이고 주요 구동계통도 군데군데만 남아서 해독 불가능이야."

벨드는 조금 아쉬운 얼굴을 했다.

"뭐, 예상은 했지만 정말 아무것도 못 알아내니 아쉽군."

"응, 아주 치밀하게 파기했어. 숨기기 위해 작정하지 않은 이상은 이럴 수 없지."

벨드는 피곤한 얼굴로 의자에 주저앉았다.

"그보다 너희들은 늦었는데 아직 작업 중이었어?"

그의 물음에 카일이 답답한 한숨을 내쉬며 대답했다.

"길드장님께서 네게만 특별지시를 하는 게 아니라고. 우리도 길드원들의 룬아머 마나 코어 교체 때문에 눈 코 뜰 새 없이 바쁘다니까. 스무 명이나 되는 룬아머러의 룬아머를 모두 재구성해야 하니까 말이야."

"아, 그럼 이자벨도 일이 엄청 많겠네? 결국 마법진 안착은 모두 이자벨이 해야 할 거 아냐?"

"너, 이 자식! 이 친구는 걱정하지 않고 결국 이자벨 걱정이냐?"

"너는 그래도 튼튼한 남자이고 이자벨은 여자잖아."

벨드의 말에 크리스가 팔짱을 끼며 쏘아대듯 말했다.

"그럼 나는? 나도 여자인데 왜 내 걱정은 안하는 거냐?"

"으음, 뭐랄까 여자라는 느낌이 안 든다고나 할까. 뭐, 그런……."

이야기가 끝나기도 전에 크리스가 벨드의 정강이를 걷어차버렸다.

"크윽! 너, 갑자기!"

"흥! 가즈아머러도 별 볼 일 없네 뭐."

그렇게 말한 크리스는 마법진의 도안을 그리기 위해 자신의 작업대로 걸어갔고, 벨드와 카일은 서로 마주보며 재미있다는 듯 키득거리고 있었다.

Master of Fragments

페르민 그람츠의 병영 한쪽에는 각 룬아머러 길드들에서 가지고 온 워프게이트들이 설치되었다. 바로 길드 본부와 전장을 연결하기 위한 수단으로서 중요 물자보급과 위급한 부상자 이송을 위한 것이다.

각 워프게이트는 이용 횟수가 정해져 있어 위급상황이 아니라면 사용하지 않는 편이었다.

그런 워프게이트 중 하나가 빛을 발하며 중심의 공간을 왜곡시키고 있었다.

─촤아아.

빛 무리를 헤치며 한 명의 인영(人影)이 비춰졌고, 공간의 외곽을 찢으며 걸음을 내딛었다. 초록색의 전투복을 입은 그는 눈부신 은발을 흩날리며 주변을 둘러보았다.

"이곳이 그람츠인가?"

그가 낯선 분위기를 눈에 익히고 있을 때, 워프게이트의 출입을 담당하는 병사 한 명이 다가왔다.

"소속과 이름, 방문 목적을 대십시오."

"청동 날개 길드 소속 게하드 아임라헬. 우리 길드원을 만나러 왔는데……."

"아, 청동 날개 길드원이셨군요. 그런데 전장에서 룬아머러 정복을 착용하지 않은 것은 규율 위반입니다만……."

"하핫! 요정족이라 헤일런 연방에 속해 있지 않네. 그러니 청동 날개 길드원이지만, 징집된 룬아머러가 아닌 것이지."

"그렇다면 더 이야기가 복잡해집니다. 이곳은 작전지역이므로 민간인의 접근이 불가합니다."

"딱딱하긴… 황제 폐하께서 친히 내리신 허가장을 가지고 왔으니 아무 말 말게나. 그보다 청동 날개 길드의 막사는 어디로 가면 되지?"

게하드가 내민 허가장을 살피던 병사는 진위여부를 판단하더니 서쪽 방향을 가리켰다.

"룬아머러 길드들의 막사는 서쪽 방벽 아래에 있습니다.

그쪽으로 가시면 길드원들을 만나실 수 있을 겁니다."

"고맙네. 그럼 이만……."

다시 허가장을 건네받은 게하드는 그가 설명해 준 방향을 향해 움직였다. 인간들의 병영을 처음 본 게하드는 호기심 어린 눈으로 주변을 둘러보았다. 곳곳에 모닥불을 쬐며 앉아 있는 병사들의 얼굴에는 깊은 피로가 스며있었다. 아마도 둔켈에 대한 두려움이 그 대부분을 차지하고 있는 듯했다. 임시 막사로 이루어진 병영을 지나치자 각 룬아머러 길드의 깃발이 꽂힌 막사들이 보였다.

"흠, 병사들보다는 나아 보이는 막사로군. 그래도 룬아머러들은 장교 대우를 해준다는 건가?"

그는 막사 지붕의 깃발들을 둘러보았다.

"푸른 길로틴, 창공의 매, 회색 장벽 그리고 청동 날개로군!"

청동 날개의 막사를 찾은 그는 걸음을 서둘렀다. 청동 날개 길드의 룬아머러는 19명, 총 5개의 막사를 배정받아 있었다. 게하드는 아무 막사나 열어젖히며 내부로 들어섰다.

"여, 잘 있었나?"

"오, 게하드! 여기는 어쩐 일인가?"

게하드 역시 잘 알고 있는 청동 날개의 길드원인 클라크와 플라드가 그곳에 있었다. 반가운 얼굴을 한 게하드가 구김 없이 말했다.

"뭐, 내가 이곳까지 올 일이 따로 있겠나? 슈반스 때문이지."

그의 말에 곱슬머리를 한 클라크의 얼굴이 어두워졌다.

"역시, 그 때문에 길드장님께서 자네를 파견했나 보군. 자네라면 수색에 관해서 더할 나위 없지."

"해봐야 하는 문제인걸. 그보다 다른 친구들은?"

"대부분 낮 정찰을 나갔어. 1분대는 오른쪽 끝 막사야. 그곳으로 가면 애슐리 남매가 있을걸세. 요즘 드페인 장군이 1분대의 활동을 제한해서 다른 분대의 업무량이 많아졌지."

"알겠네."

"꼭 슈반스를 찾아줬으면 좋겠군. 다른 길드 녀석들의 탈영했다는 비아냥거림도 더 이상 참기 힘들어. 성질 같아서는 한판 붙고 싶지만 상황이 상황이라."

"걱정 말게. 그럼."

그렇게 이야기한 게하드가 막사를 옮기기 위해 몸을 돌리려 할 때 익숙한 목소리가 들렸다.

"여, 플라드. 먹을 것 좀 가지고 있나?"

가젤의 목소리임을 알았던 짧은 머리의 플라드가 피식 웃었다.

"훗, 이러나저러나 저 녀석의 식성은 변함이 없군. 아마 게하드 자네를 보면 아주 반가워할 거야."

"그렇겠지?"

플라드가 육포 덩어리를 건네주자 게하드는 피식 웃으며 막사 밖으로 나섰다. 막사 밖에는 구겨지고 더러워진 제복을 아무렇지 않게 입고 있는 가젤이 서 있었다.

"여, 가젤! 플라드가 육포를 전해주라더군."

그는 막사에서 나오는 가젤을 멀뚱멀뚱 보더니 금세 환하게 웃었다.

"게하드! 이게 얼마만인가? 얼굴 잊어버리겠군."

"하핫! 자네 얼굴은 죽기 전에는 잊어버리기 힘들겠지. 애슐리는 막사에 있나?"

"음, 슈반스가 실종된 이후에 식사도 잘 안하고 있어. 매일 아웅다웅하더니 막상 없어지니 불안한가 봐."

"흠, 그렇겠지. 그럼 막사로 가자고."

가젤이 막사를 열어젖히며 외쳤다.

"누님! 누가 왔는지 보시우!"

그의 걸걸한 목소리에 애슐리가 고개를 획 돌렸다.

"슈반스가 돌아왔어?"

"음, 슈반스는 아닌데… 게하드라우. 헥터 길드장님이 슈반스를 찾으라고 보내셨다고 하더군."

게하드의 얼굴을 본 애슐리가 힘없는 미소를 지었다.

"아, 그렇군. 반가워, 게하드. 오랜만이네."

"흠, 참 애슐리답지 않군. 냉랭하지도 않고, 기운 넘치지도 않고."

"나도 그럴 때가 있는 거야. 그 망할 드페인 장군 때문에 수색을 나갈 수도 없는 상황이라 답답하기 짝이 없어. 부디 아무 일 없어야 할 텐데……."

"그러니 내가 왔지. 오늘 밤에 당장 수색을 시작할 예정이야. 지그프리트는 어디에 있지? 녀석이 날 슈반스가 사라진 곳으로 데려다 줄 테니까."

게하드가 자신감 있게 말하자 애슐리도 조금 안심되는 듯했다.

"부탁해, 게하드. 뭔가 실마리라도 나왔으면 좋겠어."

"염려하지 말라고. 적이 누구든 간에 쉽게 당할 슈반스는 아니니까. 그럼, 나는 밤을 위해 잠을 좀 자둬야겠네."

가젤이 자신의 침상을 내주었지만, 너저분한 모양에 정중히 거절을 했고, 비워 놓았던 슈반스의 침상에 누워 잠시 눈을 붙였다.

*　　　*　　　*

날이 어두워지고 병영의 곳곳에 불을 밝혔다. 게하드는 가벼운 차림으로 마굿간을 찾았다. 수십 마리의 전투마가 휴식을 취하고 있는 중에도 지그프리트는 한눈에 띄었다. 게하드의 냄새를 맡은 지그프리트가 콧바람을 내쉬었다.

—흐르릉!

게하드가 지그프리트의 콧등을 만져주었다.

"좀 말랐구나, 지그프리트. 나와 함께 네 주인을 찾으러 나가보자. 네가 도와줘야 할 것 같다. 잠시 등 좀 빌리마."

—히이이잉!

지그프리트는 기쁜 듯 울었다. 마구를 지크프리트의 등에 얹은 게하드가 그 위로 가볍게 올라탔다.

"자, 방벽을 넘어서는 못가니 도시를 둘러 나가야겠어. 출발해 볼까?"

게하드와 지그프리트는 병영을 빠져나와 조용한 그람츠 시내로 들어갔다. 가끔 술을 마신 시민들이 보이긴 했지만, 대부분의 시민들은 날이 어두워지자 창에 두터운 나무판자를 대고는 집안에 조용히 들어앉아 있었다. 도시의 문이 닫히기 전에 경비병으로부터 둔켈로부터의 위협을 경고받은 게하드는 거침없이 시내를 둘러 지그프리트의 안내를 받기 시작했다.

"자! 마음껏 달려보거라."

—타가닥! 타가닥!

병사들의 감시를 피해 한참 달리던 게하드와 지그프리트는 순식간에 할로우 숲에 닿았다. 검은 기운을 뿜어내는 거대한 숲의 앞에 선 게하드 지그프리트의 갈퀴를 쓸어주며 말했다.

"네가 여기까지 슈반스를 태워다 주었나 보군? 그럼 여기서부터는 내가 추적을 하기로 하마. 혼자 돌아갈 수 있으니 너는 병영으로 돌아가 있어도 좋다."

하지만 지그프리트는 움직일 생각을 하지 않았다.

"쯧, 좋아. 그럼 내가 올 때까지 한적한 곳에서 기다리고 있어. 둔켈이라도 만나면 쏜살같이 도망치라고. 둔켈 따위에게 잡히지는 않겠지?"

―히이잉!

긍정의 울음소리를 내자 지그프리트의 고삐를 놓아주었다.

"그럼 다녀오마."

게하드는 마도력을 끌어올리며 자신의 룬아머를 소환했다.

―챠아아앙!

두 개의 달이 그의 은색 룬아머를 환하게 비추어주었다. 투구의 바이져(Visor:안면가리개)를 내려쓴 게하드의 몸이 투명해졌다. 그의 발자국 소리만 조금씩 들리더니 그마저도 바람

소리에 묻혀갔다.

이 오래된 숲은 한줄기의 달빛조차 허용하지 않았기에 칠흑 같이 어두웠다. 하지만 요정족이었던 게하드에게 숲만큼 편한 장소는 없었으니 어두움은 그의 행동에 큰 장애가 되지 않았다.

"에스릴, 호흡하는 생명체를 탐색해줘."

"예, 주인님."

에스릴에게 탐색 명령을 한 게하드는 숲의 기운을 느끼며 천천히 걸었다. 혹시라도 있을 흔적을 놓치지 않기 위해 속도를 높이지는 않았다. 주변을 살피며 걷던 게하드는 무릎을 꿇으며 나뭇잎으로 덮인 땅 바닥을 매만졌다. 미세한 굴곡이 손끝에서 전해졌다.

"음, 둔켈의 발자국인가? 깊이로 봐서는 클레이급과 마이덴급이 섞여 있군. 진흙 바닥인 데다가 전혀 훼손이 되지 않았어."

실마리가 한번 잡히자 길게 이어진 둔켈들의 발자국을 발견할 수 있었다.

"발자국을 따라 움직여 봐야겠군."

목표가 정해지자 그의 움직임은 조금씩 빨라졌다. 게하드는 땅 위로 모습을 드러낸 나무뿌리를 가볍게 박차며 둔켈의 발자국을 빠른 속도로 쫓기 시작했다.

적지 않은 거리를 달린 듯싶었다. 보통의 인간이었다면 빛이 없는 숲 속이었기에 시간의 흐름과 이동거리를 정확히 알수 없었겠지만 요정족이었던 관계로 나무사이의 거리를 재어자신의 이동거리를 대충이나마 알 수 있었다.

"벌써 할로우 숲의 절반쯤은 온 것 같은데……."

천천히 속도를 늦출 때 쯤, 작은 공터에 닿을 수 있었다. 그곳에는 벌목된 나무들이 사방으로 넘어가 있었다. 누군가 공간을 만들기 위해 인위적으로 손을 쓴 것이었다. 그리고 혼잡하게 얽혀 있는 둔켈과 인간의 발자국들.

"틀림없이 인간들이 있었던 장소로군."

그의 예측을 증명이라도 하듯 한구석에 모닥불 자국과 인간들의 가재도구들이 그대로 남겨져 있었다. 모닥불 주변의돌을 매만져 보니 아직까지도 온기가 남아 있었다. 게하드는한 번의 도약으로 높은 나뭇가지로 뛰어올랐다.

"차앗!"

나뭇가지를 부여잡고 몸의 균형을 잡은 게하드는 아래를내려다보았다. 요정족인 그에게도 너무나 어두웠다. 시력을돋구던 게하드는 이내 포기하며 나직이 누군가를 불렀다.

"과묵한 질렌, 공터를 좀 비춰줘야겠다."

하지만 아무런 변화가 없자 조금 언성을 높였다.

"네가 귀찮아하는 건 알겠지만, 오랜만에 부탁하는 거잖아."

그제서야 느릿느릿한 목소리가 전해졌다.

"인비져블 블라인더(Invisible Blinder:투명화 능력) 외에 다른 일은 시키지 않으신다고 하셨잖아요. 주인님, 이런 일은 너무나 귀찮다고요."

"피치 못할 사정이라는 게 있는 거야. 당분간 불러내지 않을 테니 이번 한번만 봐줘."

"그럼 약속하셨어요. 한동안 불러내지 않으시기로……."

"알았다니까. 에휴, 어쩌다 빛의 정령 중에서도 제일 게으른 녀석과 계약을 맺은 건지……."

그가 투덜거리던 말던 간에 게하드의 은빛 머리카락들 사이에서 작은 빛덩어리들이 굴러 나왔다. 그것은 공터의 중앙으로 몰려가더니 하나로 뭉쳤고, 거대한 빛 덩어리가 되었다.

─파앗!

마치 하나의 태양이라도 떠오른 듯 밝은 빛이 비춰지자 공터의 바닥에 지름 10멜리 가량 크기의 대형 마법진이 모습을 드러냈다. 그 군데군데는 둔켈의 발자국으로 훼손이 되었지만 마법사들이 만들어 놓은 마법진임은 쉽게 알 수 있었다. 게하드는 득의의 미소를 지었다.

"이런 곳에서 사라진 현자의 탑 마법사들을 찾아낸 건가?"

혼잣말을 하고 있을 때, 에스릴의 목소리가 들려왔다.

"약 500멜리 떨어진 곳으로부터 인간들의 숨소리가 들리기 시작했어요. 숫자는 두 명. 이곳으로 오는 중이에요."

"고마워, 에스릴. 그나마 네가 똑 부러지게 일을 해줘서 다행이야. 요정 둘 다 저 모양이었다면 난 엘라시아를 떠나올 생각조차 못했을 테니까."

"칭찬 감사해요, 주인님."

그들의 대화에 게으름뱅이 빛의 요정 질렌조차도 기분이 상한 듯했다.

"그렇게 말씀하시면 기분 나쁘다고요. 매번 인비져블 블라인드를 펼치는 것만으로도 힘든데… 정 불만이시면 계약 파기하고 정령계로 돌아갈래요. 정령왕님께 혼나겠지만 잠깐 혼나고 편하게 지내는 것도 나쁘지 않으니까요."

"아아! 그런 뜻은 아니야. 질렌 역시 아주 잘 해주고 있다고. 그러니까 삐지지 마. 그냥 조금 더 적극적인 모습이었으면 어떨까 하고 생각하는 거니까. 알겠지?"

질렌은 별다른 대답이 없었다. 그리고 질렌의 존재감이 확실히 느껴진다는 사실만으로 그의 화가 더 커지지는 않았음을 알 수 있었다.

"그럼 녀석들이 올 때까지 기다려 볼까?"

다행히도 질렌의 인비져블 블라인드는 정상적으로 펼쳐져 그의 몸이 투명해질 수 있었다.

과연 얼마의 시간이 지나지 않아 두터운 로브를 두른 두 명의 마법사들이 나타났다. 어깨에 매고 있던 짐을 모닥불 근처에 내려놓은 한 마법사는 발화 마법으로 장작 위에 불을 붙였고, 또 다른 마법사는 빛 덩어리를 만들어 공터를 비추었다.

"이거, 마법진 훼손이 어제보다 심해졌군. 소환술사들이 오기 전까지 마법진 복구를 끝낼 수 있을지 모르겠어. 금속으로 대형 워프게이트를 만들었다면 매일 마법진을 손볼 필요도 없을 텐데, 맨땅에 새벽마다 마법진을 그리려니 죽을 맛이로군."

모닥불에 냄비를 걸고 먹을거리를 준비하던 마법사가 대답했다.

"어디, 이 일이 보통일인가? 흔적이나 증거를 남겨서는 안되니까 불편하더라도 감수하는 것이지. 내가 아침을 준비할테니 먼저 작업을 하고 있게나."

"흐음, 언제까지 새벽바람 맞으면서 이 일을 해야 할지 모르겠군. 위험한 둔켈들을 불러내어 도시로 보내다니……."

"쉿! 그런 말 말게. 윗분들이 알게 되면 쥐도 새도 모르게 사라질지도 모르니까. 우리 같은 말단 마법사들은 그저 시키는 대로 하면 되는 것이야. 언젠가는 위로 올라가겠지."

"흠, 맞는 말이야."

고개를 끄덕인 마법사는 끝이 뾰족한 금속 막대를 꺼내더니 무릎을 꿇고 앉아 훼손된 마법진을 손보기 시작했다.

나무 위에서 그들의 대화를 듣고 있던 게하드의 표정이 굳었다.

"저 마법진이 둔켈들을 소환해내기 위한 것이란 말인데… 마법사 자식들, 위험한 짓을 하고 있군. 어디 한번 슈반스의 소식을 물어볼까나?"

비릿한 미소를 지은 게하드는 몸을 날렸다.

―부석… 부석…….

끓고 있는 냄비를 뒤적이던 마법사가 고개를 돌렸다.

"응? 무슨 소리지?"

주걱을 냄비에 꽂아놓은 마법사는 잔뜩 경계하며 몸을 일으켰다.

"소환술사들이 도착을 하기에는 이른 시간인데……."

"왜 그러나?"

마법진을 그리던 마법사가 묻자 어깨를 으쓱거리며 되물었다.

"무슨 소리 못 들었어? 수풀이 움직이는 소리가 분명 들린 것 같은데……."

"작은 짐승의 소리겠지. 신경 쓰지 말고 스프나 열심히 저어주게. 스프가 타버리면 정말 기운 빠져 버릴 테니까."

"하지만 신경 쓰이는군. 잠시 둘러보고 오겠네."

"마음대로 하게. 하지만 스프가 타버리면 정말 화낼 테니 알아서 하라고."

"걱정 말게. 금방 다녀올 테니."

마법사는 몸을 일으켜 수풀사이를 헤치고 들어갔다. 빛 덩어리가 공터를 비치고 있었지만, 수풀 뒤까지는 닿지 않았기에 그의 몸은 금세 어두움에 둘러싸이고 말았다.

—부스스슥!

마법진을 그리던 마법사가 부스럭거리는 소리에 고개를 돌려보았다. 수풀을 헤치며 나오는 동료의 모습을 보며 물었다.

"뭐 찾은 거 있나?"

"아니, 자네 말대로 짐승이 지나가던 소리인 것 같더군. 괜히 귀찮은 일만 하고 왔어."

"그러게 내가 뭐랬나. 스프는 아직 괜찮아?"

"조금만 더 기다리면 될 듯하군. 아 참! 자네는 슈반스라는 룬아머러 이야기 들은 적 있나?"

하던 일에 집중하던 마법사는 고개조차 돌리지 않고 대답했다.

"아, 마스터 게오르그께서 둔켈을 따라 침입해 온 놈을 사로잡았다고 하더군."

"그리고는 어떻게 되었고 하던가?"

"글쎄… 뭔가 쓸모가 있을 지도 모른다고 살려둔 것 같긴

한데 확실히는 모르겠군. 우리와 상관있는 일도 아니니 관심 없네만. 그런데 갑자기 룬아머러 이야기는 왜?"

아무런 대답이 없자 고개를 돌려보았다. 냄비에서는 스프가 타는 냄새만 뭉게뭉게 피어오를 뿐이었다.

공터를 빠져나와 숲 속을 달리는 로브의 남성. 그의 외모가 천천히 변하더니 룬아머를 걸친 게하드의 모습으로 돌아와 있었다.

"수고 많았다, 질렌."

"오늘 여러 번 귀찮은 일을 시키는군요."

"투덜거리면서도 부탁은 다 들어주니 널 미워할 수가 없군."

질렌은 별다른 대답이 없었다.

"슈반스가 안전하다는 사실을 알았으니 그것만으로도 큰 수확이다. 오늘은 이대로 복귀했다가 마법사들의 본진을 찾아야겠다."

게하드의 얼굴은 자신도 모르는 사이 기쁨의 미소가 흐르고 있었다.

*　　*　　*

헥터의 손에 작은 종이가 하나 들려 있었다. 암호화된 내

용을 읽어가던 헥터의 얼굴이 밝아졌다가 어두워지고 있었다.

"슈반스의 생존 흔적을 찾았다니 다행이로군. 그리고 마법사놈들, 결국 마법진으로 둔켈들을 소환하고 있었던 것인가? 확실한 증거를 찾아 황제 폐하께 전달해야 한다. 그리고 레기어스가 여기에 결부되어 있다는 증거만 있다면……."

마도력을 끌어올려 종이를 태워버린 헥터는 의자에 깊게 기대며 책상 위의 종을 눌렀다. 얼마 지나지 않아 문이 열리며 펠러가 들어왔다.

"부르셨습니까? 길드장님."

"아, 벨드를 좀 불러주게. 심부름을 좀 시켜야겠군."

"예, 알겠습니다."

펠러가 나가는 모습을 바라보지도 않은 헥터는 깊은 생각에 잠기고 있었다.

검은색의 마차 한 대가 슈반스의 저택 앞에 멈춰 섰다. 마부가 문을 열자 수도방위 부대의 룬아머 정복을 입은 벨드와 단아한 예복을 차려입은 이자벨이 마차에서 내렸다. 벨드는 저택의 건물을 올려다보았다. 두 달 전만 하더라도 이곳에서 슈반스와 훈련하던 생각이 떠올랐던 것이었다.

"얼마 지나지 않았는데, 정말 오래전 이야기인 것 같아."

잠시 상념에 잡혀 있던 벨드의 얼굴에 조금의 갈등이 묻어났다.

"슈반스님의 소식을 전하기 위해 길드장님께서 보내긴 했
는데, 어떻게 이야기를 꺼내야 할지 모르겠어."

그의 혼잣말을 들은 이자벨이 그의 손을 잡았다.

'벨드가 난처해하는 것도 당연한 일이에요. 하지만 아무것
도 모르고 슈반스님의 소식을 기다리는 셀린느님도 힘드실
거예요.'

"응, 그래."

헥터의 부탁으로 슈반스의 실종소식을 전하기 위해 온 벨
드였다. 도저히 용기가 나지 않자 이자벨에게 동행을 부탁했
고, 결국 그녀와 함께 슈반스의 저택을 찾은 것이었다.

그가 정문을 두들기려고 할 때, 슈반스 저택의 집사인 하인
츠가 먼저 문을 열었다.

"오! 베르난드 도련님이시군요? 그렇지 않아도 도심의 둔
켈 침공소식을 들으신 셀린느님께서 걱정을 많이 하셨는데,
이렇게 건강하시니 다행입니다."

"안녕하세요, 하인츠 아저씨. 잘 지내셨죠?"

"물론입니다. 요즘 슈반스님의 편지가 끊어진지 조금 되어
걱정이 되는 것 빼고는 별다른 일은 없습니다. 그보다 함께
오신 아가씨께서는 친구분이신가 보군요?"

"아, 네. 청동 날개에서 일을 돕고 있는 이자벨이라고 해요."

"허헛! 보기 좋으시군요. 아카데미 생활에도 적응을 잘하시는 것 같고요."

"감사합니다. 셀린느님은 계신가요?"

"예, 마침 식사를 마치시고 차를 마시려고 하시는 중이십니다. 베르난드 도련님께서 오셨다고 전해드리겠습니다. 안으로 드시죠."

"예."

벨드와 이자벨은 하인츠의 안내를 받으며 저택의 응접실로 움직였다. 너무 익숙한 실내였지만, 두 달이라는 길지 않은 시간이 낯설음을 선사하고 있었다.

"하인츠입니다. 베르난드 도련님이 찾아오셨습니다."

"벨드가요? 어서 들여보내 주세요."

하인츠가 문을 열어주자 응접실에서 향긋한 홍차향이 퍼져 나왔다. 응접실의 소파에는 가벼운 복장으로 홍차를 마시던 셀린느가 읽던 책을 내려놓으며 반가운 표정을 했다.

"아니, 온다는 이야기도 없이 갑자기 무슨 일이니? 어쨌든 무척 반갑구나!"

예전처럼 아름다운 셀린느였지만, 왠지 수척해진 듯했다.

"잘 지내셨어요? 셀린느님."

"그래, 잘 지냈단다. 늘 책 읽고 사색하고, 그이의 소식을 기다리고… 그보다 옆의 친구는?"

벨드는 이자벨을 가리키며 말했다.

"이쪽은 황립 룬아머러 아카데미에서 만난 이자벨 크로비스라고 해요. 안타깝게 남의 이야기를 들을 수는 있지만, 말을 하지 못하는 친구라 직접 인사를 드리지는 못할 것 같네요."

"반가워요. 이자벨 양. 이쪽으로 와서 앉도록 해요."

미소 지으며 고개를 살짝 숙여 보인 이자벨은 벨드와 함께 셀린느의 맞은편에 앉았다. 하인츠가 여분의 잔을 준비해 주자 향기로운 홍차를 담아주었다. 홍차의 맛을 잘 알았던 이자벨은 혀에 감도는 매끈한 질감에 감탄하는 얼굴이었다.

벨드와 이자벨을 번갈아보던 셀린느는 흐뭇한 미소를 지었다.

"둘이 잘 어울려 보이는구나."

그녀의 갑작스러운 말에 벨드와 이자벨의 얼굴이 눈에 띄게 붉어졌다. 머쓱한 나머지 별다른 이야기를 하지 못하는 둘을 본 셀린느가 빙긋 웃으며 이야기를 이끌어 갔다.

"벨드, 옷이 멋진걸?"

자신의 옷을 내려다본 벨드가 멋쩍게 웃었다.

"이번 둔켈 침공 때문에 제국 전체의 룬아머러 아카데미가 임시 휴교가 되었어요. 그리고 룬아머 소지자들은 황실 직속의 수도 방위 부대로 차출되었고요. 이게 부대의 룬아머러 정복이라고 하더군요."

그의 모습을 눈에 익혀두기라도 하듯 찬찬히 살펴보던 그녀가 말을 이었다.

"멋있구나. 그런데, 그렇게 정복을 차려입고 찾아온 이유가 있을 것 같은데… 무슨 일인지 솔직히 들어보고 싶구나."

그녀가 정곡을 찌르자 벨드의 얼굴에 당황한 빛이 흘렀다. 이자벨이 그의 손을 꼬옥 잡아주자 조금 마음이 진정된 벨드가 조심스럽게 입을 열었다.

"사실… 셀린느님께는 전해지지 않았지만, 보름 전 슈반스님께서 전선에서 실종되었어요."

셀린느의 하얀 손이 살짝 떨렸다. 하지만 표정은 크게 달라지지 않았는데, 애써 평정심을 유지하려 노력하는 모습이었다.

"이후 소식 좀 전해주겠니?"

그녀의 모습이 불안했지만 기왕 이야기를 꺼냈기에 모든 것을 이야기해 주기로 마음먹었다.

"네, 이후 요정족인 게하드님이 수색을 위해 파견되셨어요. 다행스럽게도 슈반스님께서 생존해 계신다는 소식을 받고 바로 셀린느님께 전하러 왔어요."

"휴우, 그랬구나. 정말 다행이야. 아직 그이의 행방은 찾을 수 없었고?"

"게하드님께서 계속 수색중이니 금방 실마리가 잡힐 거에요."

"왜 군에서는 수색을 하지 않고 게하드님께서 직접 수색을 맡고 계신 것이지?"

"그게… 슈반스님께서 명령을 무시하고 단독행동을 하시던 중이라, 군에서는 오히려 슈반스님과 청동 날개 길드에 책임을 전가하고 있는 판국이에요."

셀린느는 슈반스의 성격을 잘 알았기에 가볍게 웃었다.

"고집 피우면서 멋대로 행동하는 게 그이답네."

"그런 성격이신가요?"

"뭐, 조금은. 하지만 아무 일 없을 거야. 그렇게 믿어야지."

담담하게 사실을 받아들이고 있는 셀린느를 보고 있자니 조금 안심이 되었다.

"네, 맞아요. 슈반스님은 정말 강하고 현명하신 분이니 위험이 있더라도 잘 이겨내실 거예요."

셀린느는 고개를 끄덕여 벨드의 말에 동의했다.

"우리가 상심하고 있으면 그이도 힘들어할 거야. 힘내야지. 이제 곧 저녁 시간인데 식사를 함께 하겠니?"

"죄송하지만 다음 기회에 식사를 해야 할 것 같아요. 다시 청동 날개 길드로 복귀를 해서 대기해야 하거든요. 어쩌다 군에 편입되다 보니 여러 가지 행동이 제약되네요."

셀린느는 아쉬운 얼굴을 하였다.

"어쩔 수 없겠구나."

"오랜만에 뵈었는데, 좋지 않은 소식만 전해드려서 죄송해요."

"아니야. 아직 그이가 살아 있다는 사실을 알게 되었으니 괜찮아. 또, 벨드에게 들어서 다행이라고 생각한단다."

벨드는 그녀의 말에 안도하며 미소 지었다.

"그럼 저희는 이만 돌아가 볼게요."

"그러렴. 아직 심장이 떨려서 배웅은 하지 못하겠구나."

"네, 편히 계세요."

그렇게 이야기한 벨드와 이자벨이 가볍게 인사하며 응접실을 나섰다.

마차에 올라탄 벨드가 슈반스 저택을 바라보며 나직하게 말했다.

"그나마 셀린느님께서 강하셔서 다행이야."

이자벨이 고개를 가로저었다.

'겉으로는 강해보여도 굉장히 힘드실 거예요. 벨드가 걱정할까 봐 내색하시지 않은 것이죠.'

"응, 그렇겠지. 다음에는 좋은 소식을 가지고 찾아뵙자!"

'네, 그랬으면 좋겠어요.'

마차는 덜컹거리며 다시 움직이기 시작했다.

CHAPTER
30

헥터 소대

Master of Fragments

벨드는 룬아머러 아카데미에서 받아 온 진남색의 두툼한 정복(正服)을 입어보았다. 거울에 비추자 가슴에는 발로인의 휘장이 금빛으로 새겨져 있었고, 왼팔에는 룬아머러를 표시하는 투구 문장이 붙어 있다. 그는 손으로 문장을 이리저리 움직이며 살펴보았다.

"룬아머러 문장을 달게 될 날이 올 줄이야⋯⋯."

붉은색은 룬아머러 길드장 및 그에 준하는 자, 푸른색은 룬아머러 길드에 속한 정규병력, 노란색은 룬아머러 길드에 속하지 않지만 룬아머를 지닌 예비병력을 뜻했다. 벨드는 예비

병력에 속한 룬아머러로서 노란색의 투구 문양이 붙어 있었다.

"흐음, 이로서 정식 룬아머러가 되어버린 건가? 물론 예비 병력이긴 하지만……."

며칠 전, 발로인 내에 약 100여명의 전, 현직 룬아머러들이 황실직속 수도방위 부대의 예비병력으로 차출되었다. 지난 둔켈의 침공으로 인해 수가 줄어든 붉은 랜스 길드와 황궁 근위병단의 전력을 보완하기 위한 황실의 결정으로써 소대 편성 후 방어구역이 정해질 예정이었기에 거처에서 대기 중이었다.

"여! 제법 멋진데?"

카일이 방문에 기대어 벨드의 모습을 지켜보고 있었다.

"왠지 어색해. 이런 딱딱한 옷을 입게 되다니 말이야."

"흠, 한때는 이 형님의 꿈이었는데… 네가 내 못다 이룬 꿈을 이어받아라."

"못다 이루긴… 시작도 안 했었으면서."

"말이 그렇다는 거지. 그런데 멋지게 출격하거나 작전을 짜고 그러는 건 없냐?"

카일의 말에 피식 웃은 벨드가 다시 정복을 벗어 침대 위에 던져놓았다.

"작전은 무슨 작전. 그냥 둔켈이 침공하면 달려가서 싸우는 거다. 언제 어디서 나타날 줄 알고 작전을 짜고 있겠냐? 이건 인간들 간의 전쟁이 아니라고."

"흠, 그런가? 그럼 소대 배치라도 있을 거 아냐?"

"듣자하니 익숙한 동료들끼리 소대를 편성해서 신청하긴 한다는데… 그것도 적합한 소대장이 있어야 가능한 일이야. 뭐, 나와는 상관없는 일이니 소대 배치를 기다리는 중이지."

"안타깝군. 이런 일만 아니었다면 청동 날개 길드에 자연스럽게 입단하게 되었을 텐데……."

"별 수 없지. 그보다 너희 일의 진행은 어때?"

벨드가 묻자 카일의 얼굴에 급격히 피로가 쌓였다.

"말도 하지 마라. 그냥 내가 맨몸으로라도 둔켈과 싸우는 편이 더 좋을 것 같을 지경이니까."

"일이 정말 많은가 보구나?"

"당연하지. 룬아머 스무 세트면 파츠만 거의 200개라고. 거기 안착된 마법진을 모두 재구성해야 하는데 많지 않을 리 있냐? 설계부터 제작까지 고작 네 명이서 해야 하는 거니……."

벨드는 안타까운 눈으로 바라봐줄 뿐. 어떠한 위로도 그에게 도움이 되지 않을 것이라 생각했기 때문이었다. 그런 와중에도 앞으로 고생할 이자벨의 모습이 떠오른 것은 카일에게 전혀 내색하지 않았다.

같은 시간, 청동 날개 길드의 현관을 두들기는 손이 있었다.

—똑똑!

검게 칠해진 문이 열리며 청동 날개 길드의 집사인 펠러가 나왔다.

"청동 날개 길드입니다. 어떻게 찾아오셨습니까?"

문앞에는 세 명의 남녀가 서 있었다. 다름 아닌 벨드의 동기생인 로렌과 펠릭스, 클로아였다. 그들 모두 황실직속 수도 방위 부대의 정복을 입고 있었다. 문틈으로 보이는 실내를 힐끔 넘겨보던 로렌이 물었다.

"이곳에 벨드가 있다고 해서 찾아왔는데, 벨드 안에 있습니까?"

"아, 베르난드 도련님을 찾아오신 모양이시군요?"

뒤에 서 있던 펠릭스와 클로아가 숙덕거렸다.

"야, 들었냐? 베르난드 도련님이란다. 이 자식, 청동 날개 길드 헥터 길버트님의 조카라는 말이 정말인가 본데?"

"역시! 처음 봤을 때부터 귀티가 흐르더니, 그런 배경이 있었구나?"

소란스러운 그들의 행동을 보며 고개를 갸웃거리던 펠러가 물었다.

"베르난드 도련님께 용무가 있으신가요?"

로렌이 대답했다.

"네! 저희는 황립 룬아머러 아카데미의 동기생들입니다. 로렌과 동기생들이 찾아왔다고 벨드에게 전해주세요."

"아! 그러시군요. 잠시 들어오셔서 응접실에서 기다려 주십시오."

"그럼 실례하겠습니다."

길드 건물 안으로 들어서자 펠릭스의 눈이 번쩍 떠지며 감탄사를 내뱉었다.

"이 룬아머들은!"

입구 좌우로 늘어서 있는 룬아머들이 그의 시선을 사로잡았다. 청동 날개 길드 창단 이후 역사적으로 유명했던 룬아머러들의 룬아머가 전시되어 있었다. 마치 룬아머의 변천사를 한눈에 보는 듯했기에 감탄성을 터뜨릴 수밖에 없었다. 다른 동기들 역시 마찬가지였는데, 직접 만지는 것은 자제했지만, 이리저리 둘러보며 과거의 룬아머를 살펴보고 있었다.

"어? 너희들은 어떻게 찾아왔지?"

펠러로부터 이야기를 전해 듣고 위층에서 내려오던 벨드가 놀라며 물었다. 로렌이 서운한 얼굴로 대답했다.

"야! 어떻게 우리한테까지 감쪽같이 속일 수 있냐? 헥터 길드장님의 조카라는 사실을 말이야."

"아, 미안. 하이져 교수님께서 아카데미 내에 알려지면 소란스러운 일이 생길 것 같다고 하셔서 말이지."

"하긴, 클로아가 여기저기 떠들고 다녔을 테니까……."

클로아의 손톱이 로렌의 옆구리를 꼬집자 뾰족한 비명성이 터져 나왔다. 로렌과 클로아가 투닥거리는 모습을 자연스럽게 봐 넘긴 벨드가 물었다.

"그나저나 무슨 일로 이렇게들 모여든거지?"

펠릭스가 팔짱을 끼며 말했다.

"우린 사적인 일로 찾아온 게 아냐."

"응? 그럼?"

"헥터 길드장님을 만나기 위해 찾아온 거라고."

벨드는 아무리 생각해도 이들이 헥터를 만나야 할 이유를 찾지 못했다.

"길드장님은 무슨 일로 만나려고 하는 거지?"

"아직 소대 편성 전이잖냐. 기왕이면 헥터 길드장님 소대로 편성을 받고 싶어서. 전시 상황에서 각 룬아머러 길드의 길드장들은 룬아머러 소대를 편성하실 수 있으시거든. 룬아머러가 5명 이상이라면."

잠시 생각을 해보던 벨드는 난색을 표했다.

"그렇게 말하더라도 헥터 길드장님은 이미 은퇴하신 몸이신걸? 믿기지 않겠지만 연세도 대단하시다고. 그래서 징집에서도 빠지신 건데, 이제 와서 소대를 편성해 맡아 달라고 하기에는……."

낮은 톤의 목소리가 등 뒤에서 들려오며 그의 난처함을 거들어주었다.

"벨드의 동기들인가 보군."

모든 이의 시선이 목소리가 들려온 곳으로 옮겨졌다. 그들과 같은 룬아머러 정복을 입고 있는 중년의 얼굴을 한 헥터. 왼쪽 팔에는 붉은색의 투구 문장이 붙어 있었다.

"헥터님… 아니, 숙부님. 그런데 그 복장은 무슨 일로……."

"제법 멋있지 않느냐? 자고로 남자는 제복을 입었을 때 가장 빛이 나는 법이지."

"설마 숙부님께서 본격적으로 전장에 나서려고 결정하신 건가요?"

헥터는 눈가의 상처를 일그러뜨리며 웃었다.

"허헛! 어차피 발로인에 둔켈들이 재차 침공하게 되면 내가 가만히 있을 수가 있겠느냐? 기왕 그럴 바에야 아래 수하라도 두는 편이 편하겠지."

간접적이었지만 확실한 대답이었다. 그의 말을 이해한 로렌을 포함한 일행들의 얼굴에 화색이 돌았다. 정식 청동 날개 길드원은 아니지만, 룬아머러들 사이에서 전설로 회자되는 헥터의 지휘를 받을 수 있다는 것만으로도 설렜던 것이다. 기뻐하다 말고 뭔가 떠오른 클로아가 물었다.

"우리는 룬아머를 인계 받았는데, 벨드는 어떻게 하지? 헥터님까지 5명이 되어야 독립 소대로 인정받을 수 있는데……."

벨드의 얼굴을 물끄러미 바라보던 헥터가 대답했다.

"이 녀석도 얼마 전에 자신의 룬아머를 인계받았단다. 하지만, 우리와 함께 싸울 수는 없을 것 같구나."

벨드 역시 무슨 이야기인지 알 수 없었기에 되물었다.

"그건 무슨 말씀이시죠?"

"벨드는 이미 소대 편성이 끝나 있기 때문이지. 지난번 둔켈의 침략에 룬아머러들의 사상자가 생각보다 많아서 황제 폐하와 황궁을 지킬 근위병이 부족하다고 하더군. 그래서 벨드 앞으로 차출서가 날아왔단다. 내일 오전에 황궁으로 가면 그쪽에서 안내해 줄 것이다."

"아, 그렇군요."

로렌의 안색이 창백해 졌다.

"그, 그럼 저희는 머릿수가 안 되는데요. 헥터 소대는 물 건너가 버린 건가요?"

"자네, 이름이?"

"로랑스 엘포케입니다. 그냥 로렌이라고 부르세요."

"로렌, 그 걱정은 하지 않아도 된다. 충분한 자격을 갖춘 사람이 있거든? 클로드 고든. 한때 명성을 날렸던 친구지. 조금 늙었을지는 몰라도."

"클로드 고든? 어디서 많이 들어봤는데……."

로렌의 중얼거림에 펠릭스가 외쳤다.

"아! '전선의 갈색곰'! 그분 역시 오래전에 은퇴하시지 않으셨나요?"

"얼마 전에 만난 적이 있는데, 아직 혈기왕성하더군."

"그럼 정말 대단한 소대가 되겠군요! 영광입니다."

젊은 룬아머러들의 열정을 바라보며 미소 짓던 헥터가 말했다.

"그럼 이 인원으로 독립소대 신청을 하도록 하마. 그전에 모두들 전력 체크가 있을 테니 지하 연무장으로 자리를 옮겨야겠군. 부족한 부분은 어떻게 해서라도 채워야지!"

이제 헥터의 소대원이 된 일행들은 우렁찬 목소리로 대답했다.

"네! 소대장님!"

"허헛! 소대장이라는 호칭으로 불리운 지 몇 십 년인지 모르겠군. 이거 청년시절의 기억이 가물가물 흘러나오는구면."

헥터가 앞장서고 있을 때, 벨드가 로렌과 펠릭스에게 귓속말을 전했다.

"나중에 클로드님을 만나면 절대 크리스 이야기는 하지 않는 편이 좋을 거다."

"응? 왜?"

"전혀 닮지 않았지만 크리스의 아버지셔. 딸에 대해서 엄청 신경 많이 쓰시니까 그냥 모르는 척 하라고."

"그, 그렇군. 알겠다."

"그럼 숙부님과 좋은 시간 보내라. 하이져 교수님만큼이나 녹록치 않겠지만……."

의미심장한 말 한마디를 던져놓은 벨드는 손을 흔들어 보이며 계단위로 사라져 버렸다. 동기들은 앞으로의 일을 기대하며 헥터의 뒤를 따르기 시작했다.

CHAPTER
31

황 실 근 위 단

Master of Fragments

이른 아침 벨드는 청동 날개를 나와 거리를 달리고 있었다. 큰 피해를 입은 곳은 대충 정리가 되어 있었고, 사람들의 얼굴에는 은연중에 두려움이 엿보이고 있었다. 얼마의 시간을 달린 벨드는 크로비스가(家) 저택의 문 앞에 도착할 수 있었다. 문고리를 두들기려 할 때 마침 문이 열리고 있었다.

─딸칵!

문 앞에는 외출을 하려고 하는 이자벨과 데니언이 있었고, 자연스레 벨드와 눈이 마주쳤다. 데니언이 의아한 목소리로 물었다.

"벨드! 아침부터 우리 집에는 무슨 일이지?"

막상 마주치니 당황한 벨드가 머리를 긁적이며 대답했다.

"아, 황실 근위단으로 배정받아 가는 중이에요. 얼마 동안 나오지 못할 것 같아서 이자벨에게 인사라도 하려고요."

그의 말에 데니언이 놀란 얼굴을 했다.

"응? 너도 황실 근위단으로 배정받았다고? 나 역시 차출서가 날아왔는데……."

"아! 선배도 저와 함께 가는군요!"

"조금 의외긴 하지만 그래도 아는 얼굴이 있어서 다행이군. 흠, 그럼 이자벨과 인사를 나눠."

그렇게 이야기한 데니언은 품속의 쪽지를 내밀었다. 이자벨과 벨드가 손을 잡고 심언으로 대화를 나누는 것이 달갑지만은 않았기 때문이었다. 하지만 이자벨은 그의 쪽지를 거절하고는 당당히 벨드의 손을 잡았다.

"이자벨 너! 이제 다 컸다고……."

밝은 미소로 데니언의 말을 가로막은 이자벨은 그가 듣지 못하도록 심언으로 대화했다.

'저도 이제 청동 날개 길드로 가려던 참이에요. 카일과 크리스 선배가 정신없이 바쁘거든요.'

"응. 그렇지 않아도 만날 것 같아서 이쪽으로 바로 온 거야. 아무 인사도 없이 한동안 못 볼 생각을 하니까 걱정할까 봐 찾아왔어."

이자벨은 기분 좋은 웃음을 지었다.

'고마워요, 벨드. 상냥하게 대해줘서.'

"아… 아냐, 이런 건 아무것도."

'아무튼 몸조심하고 우리 오빠도 잘 부탁해요.'

"응! 알겠으니까 걱정하지 말고. 길드의 일도 너무 무리하지는 마."

'네, 그럼 건강한 모습으로 다시 봐요.'

진심이 느껴지는 그녀의 응원에 벨드는 가슴 한구석이 따뜻하게 벅차오름을 느꼈다.

"그래!"

시시각각 변하는 그들의 얼굴을 보며 불안해진 데니언이 끼어들었다.

"언제까지 그렇게 둘만의 대화를 나눌 생각이냐? 이자벨 너 약속시간 거의 다 되지 않았냐?"

그제야 벨드의 손을 놓은 이자벨은 데니언을 향해 혀를 쭉 내밀었다. 그리고 둘을 번갈아본 이자벨은 씩씩한 얼굴로 준비된 마차에 올라탔다. 차창 밖으로 손을 흔들어 배웅하는 것도 잊지 않았다.

그녀가 떠나자 벨드와 데니언 사이에 묘한 침묵이 흘렀다.

"흠흠! 너, 이자벨과 쓸데없는 이야기를 한 건 아니겠지?"

"쓸데없는 이야기라니요? 그냥 안부만 주고받았을 뿐이에요."

"그럼 됐다. 이제 우리도 황궁으로 가볼까? 부대 배정 첫날부터 지각했다가는 좋은 소리 못들을 테니 말이야."

"네… 네. 그러는 것이 좋겠네요."

마도력을 가진 그들에게 있어서 황궁은 그리 먼 거리가 아니었기에 걸어가기로 결정했다.

*　　　*　　　*

별다른 대화 주제가 없었던 벨드와 데니언은 한참 동안을 어색한 분위기 속에서 걸어야만 했다.

어느덧 황궁 앞 대로에 들어섰다.

평소라면 오가는 사람들과 대로 주변의 가게에서 들려오는 소리로 활력이 넘쳐야 할 시간이었지만 새 울음소리가 들릴 정도로 한적한 분위기였다.

대로를 막아선 도처의 방어벽과 그곳을 지키고 선 병사들을 둘러본 데니언이 탄식을 터뜨렸다.

"흠, 정말 분위기 썰렁하군. 마치 전쟁터 같은걸?"

데니언의 혼잣말에 벨드가 대꾸했다.

"이곳뿐만 아니라, 도시 전체가 활력을 잃은 듯하네요."

"지난주만 해도 전혀 다른 분위기였는데……."

그들이 몇 마디의 탄식을 내뱉고 있을 때, 경계를 서고 있던 병사 두 명이 걸어왔다.

"정복을 보니 룬아머러이신 것 같은데, 이곳에는 무슨 용무로 오셨습니까?"

전시 상황에서 룬아머러는 장교의 위치였기에 병사들은 철저히 존대를 했다. 그들의 물음에 데니언이 품에서 차출서를 꺼내어 내밀었다.

"황실 근위단 소속 룬아머러로 부대 배정을 받아 왔습니다."

벨드 역시 그를 따라 차출서를 내밀었다. 그것을 확인한 병사들은 경례를 붙이며 길을 터주었고, 그 이후로는 순조로웠다.

그들이 안내받은 곳은 보안 관계자들이 드나드는 동문(East Gate)이었다. 주로 서문(West Gate)은 황실 운영을 맡은 이들이 주로 이용해 출입점검을 받았다.

동문을 통과하자 적지 않은 사람들이 그곳에 있었다. 줄을 지어서 있는 근위병들과 룬아머러 정복을 입은 십여 명의 사람들, 그리고 그 중심에서 낯익은 중년인이 콧수염을 말며 지시에 열중하고 있었다.

"각 문의 경계를 철저히 하도록! 조금이라도 수상한 자가

있으면 선 대처 후 보고를 한다! 룬아머러들은 4교대로 황궁
순찰을 행한다."

그의 모습을 본 데니언이 말을 더듬거렸다.

"우리가 잘 못보고 있는 건가?"

"아뇨, 저도 똑똑히 보이고 있네요. 하이져 교수님이 왜 저
기 계시는 거죠?"

그들의 말대로 하이져가 근위단의 정복을 입고서 지휘를
하는 중이었다. 의심을 확인시켜 주기라도 하듯 그들을 발견
한 하이져가 손을 들어 시선을 끌었다.

"마침 잘 왔군, 제군들."

"아… 교수님, 어떻게 여기에 계시는 겁니까?"

데니언의 물음에 하이져가 눈동자를 빛내며 대답했다.

"허헛! 조국의 부름을 외면할 수는 없지. 전 근위단장이 둔
켈의 침공 때 전사하는 바람에 임시로 근위단장직을 제안받
았다네. 근위단은 각 길드에서 차출된 룬아머러들로 구성되
어 있기 때문에 특정 길드에 속하지 않은 인물로 내정하는 것
이 보통이거든. 그게 결국 나였더군."

"이해가 가는군요."

잠시 정황을 되짚어보던 벨드가 물었다.

"그럼 저와 데니언 선배도 교수님께서 선발하신 것인가
요?"

"훗! 데니언은 내가 직접 선발한 것이고, 자네는 헥터 단장님께서 추천해 주신 것이지. 나는 자네가 룬아머를 가지고 있는 줄도 몰랐으니까."

"아, 그렇군요."

"그럼 내가 자네들이 소속될 소대의 룬아머머들을 소개시켜 주도록 하지. 룬아머머 대기실로 가세."

하이져가 먼저 앞장서며 이야기를 이었다.

"내가 임시 근위 단장을 맡게 된 이유 중 가장 큰 것은 이곳의 대부분 룬아머머들이 내 제자라는 점이지. 자네들의 선배이기도 하고."

벨드가 물었다.

"근위단에는 몇 명의 룬아머머가 있죠?"

"총 4개 소대로 이루어져서 날 제외하면 자네들 포함 20명이 배치된다네."

제국의 황궁을 지키는데 20명이라는 수는 그리 많지 않게 여겨질 수 있겠지만, 보통 한 개의 제후국 수도를 지키는데 그 정도의 인원이 파견되는 점을 생각해 본다면 상당한 전력이라 할 수 있었다.

하이져의 설명이 이어졌다.

"4개의 소대가 교대로 경계근무를 하고 나머지 소대가 전투대기, 기동대기, 휴무로 이루어지지. 그러니 3일에 하루쯤은 귀가해서 쉴 수 있을 것일세."

어느새 황궁 중앙 건물로 들어섰다. 황제의 보호가 가장 우선순위 임무인만큼 황제의 거처와 집무실이 위치한 중앙 건물에 룬아머러 대기실이 있는 것이었다.

문을 열고 들어서자 제법 큰 실내가 보였다. 회의용 탁자와 휴식을 위한 소파와 응접테이블. 시간을 보내기 위한 서가뿐이었지만, 황궁인만큼 벽과 가구들이 화려하게 꾸며져 있었다.

소파에는 정복을 입은 세 명의 룬아머러들이 앉아 있었다. 왼쪽 팔에는 파란색의 룬아머러 문장이 새겨져 있어 정규군임을 표시했다.

하이져가 들어오자 그들은 자리에서 일어나 가슴에 주먹을 대어 경례를 했다.

"Hen dus Vict!"

"아아, 쉬게나. 여기 신입 소대원을 소개시켜 주도록 하지. 익숙한 얼굴도 있을 걸세."

하이져의 말대로 누군가 반갑게 소리쳤다.

"데니언! 너도 황실 근위단에 들어온 거야?"

바로 데니언의 동기이자 먼저 졸업하여 붉은 랜스에 들어갔던 아카넥이었다. 그를 본 데니언의 인상이 구겨졌다.

"으음, 넌 왜 여기에⋯⋯."

하이져와 다른 소대원들의 눈치를 보느라 말은 길게 이어지지 못했지만 불만이 역력했다. 소대원들 중 30대의 금발 남성이 다가왔다. 그를 본 하이져가 소개를 해주었다.

"이 두 친구는 룬아머러 아카데미의 제자일세. 데니언 크로비스와 베르난드 길버트. 그리고 이 잘생긴 친구는 제2 소대 소대장인 '칼러벤 하임호크'. 자네들을 잘 이끌어줄 거야. 그럼 나는 회의가 있어 이만 나가보겠네."

"수고하십시오, 단장님."

"그럼 서로 대화라도 나누게."

그렇게 말한 하이져가 나가자 칼러벤은 벨드와 데니언을 쓸어보았다. 상당한 미남형 얼굴이었지만, 짧은 수염이 턱과 볼을 덮고 있어 나약한 느낌은 아니었다. 표정의 변화가 없는 얼굴이 차갑게 느껴졌다. 가까이 다가오자 보기보다 키가 컸다.

"잘 부탁드리겠습니다. 데니언 크로비스입니다."

"베르난드 길버트입니다."

고개를 가볍게 끄덕인 칼러벤은 손을 내밀어 악수를 청했다.

"소대장인 칼러스. 원래는 푸른 길로틴 길드 소속이다. 다른 소대원을 소개시켜 주겠네. 이쪽은 아카넥 헨더튼. 보아하니 이미 알고 있는 얼굴인 것 같군. 그리고 저쪽은 소웰 스트럼. 철혈의 심장 길드 소속이지."

소웰이라는 인물은 마른 체형에 반짝이는 대머리였다. 검고 짙은 눈썹과 수염 때문에 삭막한 느낌이었지만, 목소리는 의외로 나긋나긋했다.

"반갑군, 신입! 이쪽으로 와서 차라도 한잔하지?"

손을 휘휘 흔들며 벨드와 데니언을 불러놓고는 따뜻한 물로 데운 잔에 조심스럽게 홍차를 따라주었다.

"괄란의 최고급 홍차거든. 아무 때나 마실 수 있는 게 아니니 행복하게 즐기라고."

좋은 향기가 은은하게 풍겼다. 우유를 탄 듯 혀를 부드럽게 감싸는 촉감에 절로 탄성이 나올 정도였다.

그들을 흐뭇하게 바라보던 소웰이 물었다.

"아직 졸업전인 건가?"

"네, 황립 룬아머러 아카데미가 임시 휴교에 들어갔고, 생도들은 모두 차출되어 수도 방어부대로 편성되었습니다."

"오호라, 너희들은 황실 근위단으로 차출된 걸 보니 상당한 실력을 가지고 있나 보구나?"

그에 대한 대답은 아카넥이 대신해 주었다.

"베르난드는 처음 보지만 데니언은 대단해요. 저랑 비교하더라도 전혀 모자라지 않거든요."

소웰이 검은 눈썹을 찡그렸다.

"헤에? 그럼 조금 실망인데? 네 실력이라고 해봤자 마이텐 급 한 두 마리 가지고 쩔쩔 매는 거잖아?"

그의 말이 틀림이 없었기에 뭐라 대꾸할 수가 없었다. 실내를 두리번거리던 벨드가 물었다.

"저희는 이곳에서 어떤 일을 하면 되는 거죠?"

"아아! 그냥 시간을 보내다가 상황이 발생하면 출동하는 거야. 아주 단순한 일이지. 다만, 출동할 일이 생긴다면 보통 일은 아니니 늘 긴장을 늦출 수는 없어."

소대장인 칼러벤이 조금 더 설명을 덧붙여 주었다.

"황궁 방어에는 총 4개 소대가 움직인다. 지금 1소대가 황궁을 순찰 중이고, 우리는 상황발생시 증병을 위한 대기, 3소대는 자신의 숙소에서 대기, 4소대는 휴무중이다. 그리고 오후가 되면 1소대는 휴식, 우리 2소대는 순찰, 그리고 3소대 전투대기, 4소대가 기동대기조로 들어오게 되는 것이다."

"아, 순환근무라는 것이군요."

"그러니 순찰을 돌기 전까지 잘 쉬어둬라. 처음이니 베르난드는 나와, 데니언은 소웰과 함께 순찰을 돌도록 한다."

그렇게 이야기한 칼러벤은 1인용 소파에 기대어 앉아 펼쳐 놓은 책을 읽었고, 소웰은 노래를 흥얼거리며 남은 차를 음미했다. 다들 차분한 분위기였는데 유일하게 시끄러운 존재가 아카넥이었다. 그는 데니언의 등장으로 잔뜩 들떠있는 듯했다.

"데니, 지난번에는 정말 고마웠다. 죽는 줄 알았다고."

"데니라고 부르지 말라고 했잖아."

"이제 한솥밥 먹게 생겼는데 뭐 어떠냐? 그보다 이자벨은 잘 지내지? 하아, 정말 한해 한해 예뻐질 나이인데… 이자벨이 룬아머러 아카데미에 입학하는 모습을 보려고 너랑 같이 유급을 진지하게 생각했었다니까? 후배 녀석들 이자벨 보고 입이 쩍 벌어졌겠구만."

"너, 이자벨을 넘보지 마라. 절대!"

"내가 어때서 그러는 거냐?"

"어쨌든 싫다."

"흥! 두고 보라지. 그보다 베르난드는 룬아머러 아카데미에서는 본 적이 없었던 것 같은데."

데니언은 그와 말을 섞기도 귀찮다는 듯 콧방귀를 끼자 벨드가 스스로 소개를 했다.

"하이멜에서 얼마 전 레벨 6으로 편입한 베르난드라고 해요. 벨드라고 불러주세요."

"오호! 레벨 6로 편입하다니 대단한걸? 그리고 그새 하이져 교수님의 눈에 들어서 황실 근위단에 들어오다니 말이야."

"그냥 어쩌다 보니……."

미적지근한 대답을 듣던 데니언이 끼어들었다.

"벨드는 청동 날개 길드의 헥터 길버트님의 조카야. 실력도 상당히 좋다."

그의 말에 아카넥은 물론, 책을 읽던 칼러벤과 소웰 역시 놀랐다는 듯 고개를 돌렸다.

"우와! 헥터 길버트님의 조카라니! 저 자존심 쌘 데니가 칭찬할 정도면 실력이 상당한가 보군."

"뭐, 말이 그렇다는 거다."

"아아, 나도 청동 날개 길드에 정말 들어가고 싶었는데……."

"그럼 왜 붉은 랜스에 들어간 거냐?"

"청동 날개 길드는 작년에 길드원 모집을 하지 않았다고. 그러니 어쩔 수 없지 차선책으로 붉은 랜스에 들어갈 수밖에 없었지."

"그럼 갑자기 여기는 왜?"

"내가 강력히 지원했어. 붉은 랜스 길드 분위기는 정말 적응이 되지 않더라고. 다들 제각각이라 유대감도 없고. 그래서 차라리 다른 길드원들과 섞여 있는 여기가 좋을 것 같아서 왔지. 그렇지 않았다면 길드 탈퇴를 진지하게 생각했을 거야."

"흠, 너도 나름 고충이 있었군."

"졸업해 보니 세상이 만만치 않음을 알겠더군."

서로 어울리지 않는 듯하면서도 결국 동기였던 둘은 그동안 못했던 이야기를 나누었고, 벨드 역시 그들의 대화를 들으며 여러 가지 사정을 알 수 있었다.

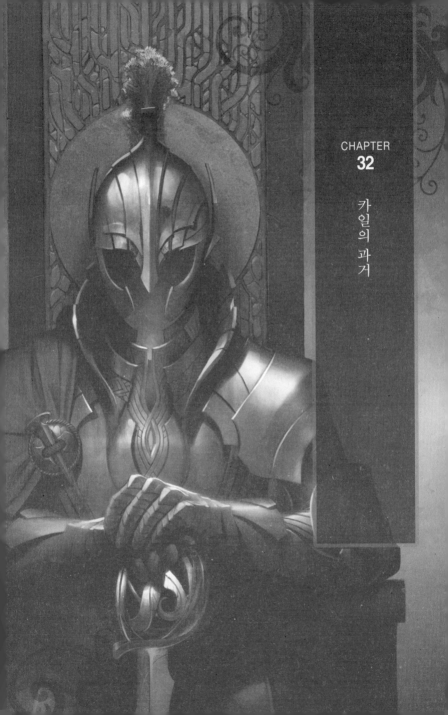

CHAPTER
32

카일의 과거

Master of Fragments

넓은 황궁의 구조를 외우는 것만으로도 이틀이라는 시간
이 지나갔다.

이른 아침, 근무 교대를 한 벨드는 밤샘 경계로 인해 뻐근
해진 눈을 부비며 청동 날개 길드로 향하는 중이었다.

"하아, 야간 경계근무는 피곤하구나……. 그래도 하루 정
도는 휴일이 있어서 다행이다."

길을 건너기 위해 잠시 걸음을 멈춘 그는 누군가 자신을 바
라보는 기운을 진하게 느꼈다.

지금껏 느껴보지 못한 이상한 기분이었다.

"으음?"

고개를 돌려보니 길거리에 노인이 앉아 있었다. 군데군데 찢어진 망토를 두른 노인은 반쯤 감긴 눈으로 벨드를 응시했다.

"뭘 그렇게 거지 쳐다보듯이 보는 거냐?!"

두 눈에 광기가 번들거리는 듯했다.

"아, 아니에요."

노인이 버럭 화를 내자 벨드는 가던 길을 가기 위해 고개를 돌렸다. 그러자 이번에도 호통 소리가 들려왔다.

"이 불쌍한 노인을 보고도 그냥 가려고 하는 거냐! 에이그, 요즘 젊은 것들이란!"

도무지 종잡을 수 없는 노인의 행동에 벨드는 어이가 없었다. 그래도 불쌍해 보이는 노인인지라 화를 낼 수 없었다. 벨드는 노인의 앞에 쭈그려 앉으며 물었다.

"하아, 어떻게 해드리면 될까요? 지금 좀 피곤하니 원하시는 것이 있으시면 말씀하세요."

노인은 마치 물음을 기다리기라도 했다는 듯 대답했다.

"배고프다!"

벨드는 주섬주섬 상의 주머니에서 은화 하나를 꺼내어 내밀었다.

"여기요. 이걸로 아침 식사라도 사서 드세요."

"멍청한 녀석! 이 몰골로는 식당에 들어가지도 못한다, 이 놈아! 아침부터 식당 녀석들한테 얻어맞기는 싫으니 네가 직접 먹을 걸 사다 다오!"

안하무인의 태도에 부화가 치민 벨드가 벌떡 일어나며 은화를 그 앞에 던져 놓았다.

"사서 드시든지 굶으시든지 마음대로 하세요. 저는 이만 가봐야 하니까요."

"이… 이놈이!"

노인을 무시하고 갈 길을 가려고 몇 걸음을 떼던 벨드가 그 자리에 멈췄다.

"에휴!"

그냥 가려니 속이 찜찜했기 때문이었다. 다시 돌아온 벨드는 은화를 주워들었다.

"잠깐만 기다려요! 아무거나 사다드릴 테니까."

"결국 사다줄걸 가지고 성깔 부리기는……."

노인의 궁시렁거림을 애써 외면한 벨드는 빠른 걸음으로 일찍 문을 연 가게를 찾아 다녔다. 애석하게도 둔켈의 침공이 있은 지 얼마 되지 않아 대부분의 가게들이 휴업 상태였기에 찾기가 쉽지 않았다. 근처를 한 바퀴를 돈 뒤에야 빵과 버터를 구한 벨드는 원래의 자리로 돌아올 수 있었다.

"응? 내가 잘못 찾아왔나?"

분명 그 자리, 노인의 모습은 보이지 않았다. 사라졌다고 확신할 수도 있는 상황이었지만, 스스로도 인정하는 지독한 방향치였기에 머릿속이 복잡해졌다.

"에이, 모르겠다."

노인을 찾기를 포기한 벨드는 사온 빵조각을 자신이 먹으며 가던 길을 다시 재촉하기 시작했다.

청동 날개 길드에 도착한 벨드는 헥터에게 인사를 하고 카일의 방을 찾아갔다.

―똑! 똑!

"카일! 뭐하냐?"

얼마 지나지 않아 문이 열리고 반쯤 감긴 눈을 부비며 카일이 나왔다.

"어어… 왔냐?"

"뭐야? 아직 자고 있었던 거야?"

"아니, 아직 잠을 자기 전이다. 방금 전에 방으로 돌아왔어. 아카데미가 휴교라 크리스가 마음 놓고 밤샘 작업을 하고 있거든. 아주 죽을 맛이다. 걔는 어디서 그렇게 힘이 나는지 모르겠어. 독해……."

"흠, 너무 무리하는 거 아냐?"

"그래도 어쩔 수 있나? 빨리 길드원들의 룬아머를 교체해야 하니까. 이틀 만에 돌아와서 놀아주고 싶지만 이 정신 상태로는 도저히 안 되겠다."

"하하! 놀아주긴. 나도 좀 쉬어야 해. 다들 잠 못 이루는 나
날들이군."

"그럼 나중에 보자."

카일은 피곤한 듯 어깨를 축 늘어뜨리며 방문을 닫았다.

"다들 바쁘구나……."

그렇게 카일이 들어가 버리자 조금은 서운한 느낌이 들었
다. 뒤를 돌아서자 계단을 올라오는 이자벨의 모습이 보였다.
벨드의 얼굴은 자신도 모르는 사이 밝아지고 있었다.

"이자벨!"

뒤늦게 벨드를 발견한 이자벨의 얼굴에 미소가 떠올랐다.
겨우 이틀 만에 다시 본 얼굴이었지만 다른 곳에 있었던 탓인
지 더욱 반가웠던 벨드가 적극적으로 그녀의 손을 잡아끌었
다.

'잘 지냈어?'

이자벨 역시 벨드의 적극적인 태도가 느껴졌는지 새삼 얼
굴을 붉혔다.

'네, 벨드도 잘 지냈죠? 황궁의 생활은 어땠어요?'

'응, 다행히 좋은 사람들과 같은 소대가 된 것 같았어. 데
니언 선배와 동기생이었던 아카넥이라는 사람도 만났고 말이
야.'

'아! 아카넥 오빠도 함께 있군요. 좀 장난기가 있지만 좋은 사람이에요.'

'응! 이자벨은? 요즘 일이 많지?'

'네, 딱히 제가 도울 일이라고는 이것밖에 없으니 열심히 하고 있어요. 오늘은 쉬는 날이에요?'

'응. 어제 야간 근무를 하고 오는 중이야. 하루 쉬고 내일 오전에 근무 교대하러 다시 황궁으로 가야 해. 그래도 삼 일에 한 번씩은 올 수 있으니 다행이지.'

'그럼 피곤할 텐데 방에 들어가서 쉬어요!'

'응, 조금만 쉬다가 나올게. 그럼 수고해.'

'네. 잘 쉬어요.'

계단으로 걸어가는 이자벨의 뒷모습을 보니 왠지 피곤이 가시는 느낌이었다. 벨드는 콧노래를 부르며 가벼운 걸음으로 자신의 방으로 향했다.

벨드는 커튼을 쳐 방 안을 어둡게 하였다. 침대 위에 가부좌를 틀고 앉아 마나루틴으로 마도력을 움직이고 있었는데, 짧은 시간동안 수면을 취하는 것보다 이 편이 피로를 푸는데 더욱 효과적이었기 때문이었다. 호흡을 길게 하자 그의 코와 입으로 거미줄 같은 얇은 실이 뿜어져 그의 몸을 휘감았다.

이미 뚜렷한 형태를 이루고 있는 마도력은 익스퍼트급을 넘어 마이스터급을 향해 나가고 있음을 보여주었다.

"흐읍!"

호흡을 가볍게 빨아 당기자 그의 몸을 감싸던 마도력이 순식간에 코와 입속으로 들어왔다. 감고 있던 두 눈이 떠지자 특유의 에메랄드 빛 눈동자가 맑은 빛을 발했다.

"후우, 이제 좀 살 것 같군."

커튼을 열자 밝은 빛이 쏟아져 들어왔다. 오전부터 마도력을 가다듬기 시작해 이미 중천에 해가 올라앉아 있었다. 가벼운 외투를 걸친 벨드는 방문을 열고 나섰다. 복도는 이상하리만치 조용했기에 그의 발자국 소리가 울려 퍼졌다. 1층으로 내려가자 펠러가 꽃병의 꽃을 갈고 있었다.

"안녕하세요. 펠러 아저씨."

"잘 주무셨습니까? 생각보다 일찍 일어나셨군요."

"하하, 젊다 보니 피로가 빨리 회복되네요."

"흐음, 같은 나이의 카일 도련님은 영 아닌 것 같지만……."

"아무도 안 보이는군요. 다들 어디 나간 건가요?"

"아닙니다. 방금 길드장님의 집무실로 모두 모였답니다. 잘은 모르겠지만 분위기가 썩 유쾌하지는 않더군요."

"흐음, 저도 한번 올라가 봐야겠네요."

그렇게 이야기한 벨드는 한 걸음에 헥터의 집무실로 올라갔다.

집무실에는 헥터를 비롯해 모든 사람이 모여 있었다. 다들 심각한 얼굴을 하고 있어 조심스럽게 물었다.

"무슨 일로 이렇게 모여 계시는 거죠?"

그의 물음에 페이튼이 대답했다.

"흠, 지금 길드 룬아머러들의 룬아머를 교체작업이 한창 중인데 그 소재가 되는 미스릴이 크게 부족하단다."

"그럼 구입하면 되는 게 아닌가요?"

"물론 구입하면 되는데, 구입할 수 있는 곳이 없다는 것이지. 얼마 전부터 미스릴의 가격이 엄청나게 오르더니 이제는 구경조차 할 수 없어. 그렇다고 전선에서 룬아머러들의 룬아머를 회수할 수도 없는 노릇이고……."

카일이 턱을 매만지며 말했다.

"이번 둔켈 침공 때문에 미스릴의 수요가 급증해서 그럴 거예요. 현자의 탑에서 룬아머를 공급하는 입장이니 이미 상당량을 보유한 상황일 것이고, 둔켈과의 전투가 지속될 것이 틀림없으니 장사꾼들이 이런 호기를 놓칠 리 없겠죠."

헥터가 근심스러운 목소리로 말했다.

"카일의 말대로라면 단순한 문제가 아니게 될 것 같군."

"단순한 문제가 아닐 것이라고요?"

"누군가가 미스릴을 독점해 놓았다면 앞으로도 가격이 급격하게 올라갈 것이다. 그렇게 되면 제1의 구매자인 황궁의 재정 자체가 휘청이게 될 테니 현자의 탑의 입김이 강력해질 것이라 짐작을 할 수 있겠구나."

"아! 결국 모든 룬아머는 황궁에서 구입하는 것이군요!"

"그렇지 않아도 현자의 탑의 움직임이 의심스러운데 모든 상황이 그들의 위주로 움직이고 있으니… 우리 길드만이라도 현자의 탑 영향권에서 벗어나려 한 것인데, 이런 데서 발목을 잡혔군. 미스릴이라……."

잠시 방 안이 침묵으로 가득 찼다.

이 자리의 그 누구도 이렇다 할 이야기를 하지 못하고 있을 때, 소파에 앉아 깊은 생각에 잠겨 있던 카일이 자리에서 일어나며 말했다.

"휴우, 이렇게 된 이상 어쩔 수 없겠네요."

모두의 이목이 카일에게 집중되었다.

"길드장님, 잠시 어디 좀 다녀오겠습니다. 가급적이면 선택하기 싫은 방법이지만, 실낱같은 희망이라도 잡아봐야 할 듯하네요."

헥터가 의아한 표정을 지으며 되물었다.

"으음? 무슨 방법이라도 떠오른 것이냐?"

"그건 확실치 않으니 나중에 말씀드릴게요. 벨드, 너는 나와 함께 가자."

"응? 나는 왜?"

"어쨌든 같이 가줄 사람이 필요해. 그러기에는 네가 가장 좋을 것 같거든."

"위험한 일이냐?"

"생각하기에 따라서는 그럴 수도 있고……."

둘의 대화를 듣고 있던 크리스가 벌떡 일어나 끼어들었다.

"그럼 나도 같이 가! 미스릴을 구하러 가는 것 같은데 앉아서 기다릴 수만은 없지!"

"엥? 스승님까지 가겠다고?"

"왜, 안 되냐?"

"아, 안 될 건 없지만……."

크리스는 벨드와 카일의 어깨를 두들기며 재촉하기 시작했다.

"그럼 됐네! 자자, 어딘지는 모르겠지만 어서 출발하자고!"

"알았어. 그럼 다녀오겠습니다."

카일은 깊은 근심이 서린 얼굴로 고개를 끄덕이며 자리를 일어났다.

*   *   *

카일과 벨드, 그리고 크리스는 청동 날개 길드에서 나와 마차를 타고 있었다. 카일은 차창으로 지나가는 풍경을 보며 나직한 한숨을 끊임없이 내쉬고 있었다. 그런 그를 지켜보던 벨드가 물었다.

"카일! 어디를 가는 길이길래 그렇게 마차가 부셔져라 한숨을 내쉬는 거냐? 도살장에 끌려가는 소처럼……."

카일이 떨리는 목소리로 대답했다.

"우, 우리 집에 가는 중이다."

"으응!? 너희 집에? 발로인에 와서도 반년이나 안가더니 이제서야 미스릴을 찾으러 너희 집에 간다고?"

"뭐, 그렇게 됐네."

크리스 역시 호기심이 동해 있던 차에 잘 되었다는 듯 끼어들었다.

"그러고 보니 늘 궁금했던 건데! 드디어 너희 집에 가보는구나?"

"응? 왜 늘 궁금해 했던 거지?"

"당연히 궁금하지! 어려서부터 암호해독을 가르치는 집안에 현실감 없는 네 행동들. 보통 집안에서 자란 게 아닌 건 틀림 없을 거라 생각했거든."

"흐음, 역시 이상한 집안인 건가?"

카일은 그렇게 혼잣말을 하며 다시 턱을 괴고 차장 밖으로 시선을 돌리고 있었다.

더 이상 물어봐야 카일이 제대로 대답하지 않을 것임을 잘 알았던 벨드와 크리스는 조용히 마차가 멈춰 서기만을 기다리고 있었다.

시내를 달리던 마차가 진동을 멈추었다. 마부가 내려 문을 열자 카일과 일행이 마차에서 내렸다.

주변을 두리번거리던 크리스가 자신이 서 있는 곳이 어디인지 아는 듯했다.

"길바닥을 보니 햄프턴 가(街)인 것 같은데? 발로인에서도 대단한 부자들만 모여 산다는……."

벨드는 발로인의 지리에 대해 문외한이나 다름없었기에 궁금할 수밖에 없었다.

"햄프턴 가? 길바닥을 보고 어떻게 아는 거지?"

"다른 곳은 모두 벽돌이나 파석(破石)을 박아 만든 길인데, 햄프턴 가는 대리석으로 인도를 깔았거든. 그것도 황궁에서 해준 것이 아니라 이 지역 사람들의 사비로 말이야."

"왜 그런 쓸데없는 짓을?"

"뭐, 그들만의 프라이드라고 볼 수 있겠지. 심지어는 헥터 길드장님도 여기서 지내는 것이 부담스러워 사택을 옮길 정도였다고."

"그 정도야?"

벨드가 믿기지 않는 듯 되물으며 카일을 바라보았다. 둘의 대화에 전혀 집중하지 못한 카일은 마차가 서 있는 저택의 대문 앞에서 상념에 빠져 있는 듯했다.

"결국 돌아와 버렸군."

벨드가 그의 옆에 서며 침을 꿀꺽 삼켰다. 대문 넘어로 보이는 거대한 저택. 그것은 슈반스의 저택조차도 작은 오두막처럼 보일 만한 크기였다.

황궁은 헤일런 연방제국 황제가 사는 곳이었기에 그 크기가 이해되었지만, 황제가 아닌 사람이 이 정도 크기의 저택에 산다는 것 자체가 믿겨지지 않았다.

"우와… 너, 설마 여기가 너희 집이라고 말하고 싶은 거냐?"

크리스 역시 벨드와 같은 생각이었다. 그리고 대문에 새겨진 가문의 문장을 확인한 크리스의 눈은 더욱더 커져 있었다.

"드, 드레이크 대상가(大商家)! 카일 너, 드레이크 가문의 사람이었냐? 아! 카일 드레이크! 왜 그 생각을 못했을까? 그리고 헥터 길드장님도 모르고 계셨다니…….."

카일은 고개를 끄덕였다.

"애초 벨드에게 딸려 온 친구였으니 크게 신경 쓰시지 않으신 거지. 난 그게 더 편했고."

예전 고급식당에서 드레이크가의 수장들을 알아보고 피신했던 때의 기억이 벨드의 머리를 스쳤다.

"야, 카일! 왜 지금까지 말하지 않은 거냐?"

벨드의 물음에 카일이 머리를 긁적였다.

"딱히 속이거나 할 생각은 없었어. 그냥 밝히고 싶지 않았을 뿐이야. 난 별로 우리 집안을 좋아하지 않거든."

"으음, 그리고 왜 이런 어마어마한 배경을 가진 녀석이 그란데 할레에서 막일을 하고 있었던 거지?"

크리스 역시 카일의 대답을 기다리는 눈치였다.

"흠, 우리 집안은 작은 구멍가게를 하시던 할아버지께서 일으키셨지. 엄청난 재산 때문에 대상가라고 치켜세우지만 결국 50년도 채 안 된 신진가문이야."

"으음, 할아버지가 대단하시군. 작은 구멍가게로부터 이런 대상가로 키우다니……."

"그렇지. 자수성가하신 할아버지는 가업과 당신의 재산을 물려받을 후계자를 직접 선정하셨어. 그게 우리 아버지야."

"그럼, 네가 3대 가주가 될 거란 이야기야?"

카일은 벨드의 말에 피식 웃었다.

"그렇게 쉽지 않아. 난 삼형제 중 막내거든. 위로 두 명의 형이 있지."

크리스가 물었다.

"뭐야? 서열에서 밀린다는 거니?"

"서열 따위는 아무런 상관없어. 드레이크 가문은 무조건 능력순이거든."

"그럼 그 능력을 어떻게 판단하는 건데?"

카일은 과거의 기억이 되살아나며 안색이 어두워졌다.

"드레이크 가문의 자식들은 15살이 되면 각자 10,000겔드의 돈을 주어서 집안에서 내보내지. 그리고 20살이 되기 전까지 얼마나 돈을 불려서 돌아올 수 있는 지가 판단기준이야."

"에에? 고작 15살짜리한데 10,000겔드를 맡긴다는 말이야?"

"드레이크 가문에서 10,000겔드는 그다지 큰돈이 아니니까. 게다가 후계자를 양성하는데 쓰인다면 그 정도 돈은 아무것도 아니지."

이야기를 듣던 벨드는 금전에 대해 현실감각이 없는 카일의 태도를 이제야 이해할 수 있었다. 둘의 표정을 살피던 카일이 이야기를 이어나갔다.

"어쨌든, 나 역시 15살에 10,000겔드를 받아서 집을 나왔어. 그리곤 자신만만하게 사업을 시작했지."

"어떤 사업?"

"패션 쪽이었지."

"패션? 옷 만드는 일 말이야?"

"응, 대충 괜찮은 천을 가져다가 괜찮은 봉재쟁이에게 맡기면 완성되는 거지. 인건비와 재료비밖에 안 드는데 성공하면 엄청난 마진을 볼 수 있거든."

"그래서?"

"내가 생각하지 못한 게 있었어. 유행이 지나면 아무리 많이 만들어도 모두 재고로 남는다는 것. 결국 모두 말아먹고 빚까지 져서 그란데 할레로 끌려간 거야."

카일의 대충대충 성격을 너무도 잘 알았기에 이 모든 행보를 쉽게 이해할 수 있었다.

"부모님은 이 년 동안이나 연락이 끊겼는데, 찾아보지도 않으셨다는 거야?"

"응, 연락할 길도 없었고, 20살이 될 때까지는 집으로 돌아오지 않는 게 보통이니까. 아마 내가 그란데 할레에 있는지도 모르셨을 걸? 아셨어도 별반 다를 게 없었겠지. 사업을 망한 못난 자식일 뿐이니까."

"거참, 나도 고아라 부모님의 사랑을 못 받고 자랐지만, 꼭 부모님이 계시다고 해도 별반 다르지 않은 경우가 있구나."

"뭐, 그런 셈이지. 그래서 굳이 발로인에 와서도 찾아오지 않은 거야. 성공을 하지 못하면 환대받지 못 할 걸 뻔히 아니까. 오히려 꾸중이나 듣지."

그들이 대화를 나누고 있을 때, 거대한 철문이 열렸다. 덩치가 크고 우직해 보이는 하인이 정문앞에서 대화를 나누는 카일을 보고 반색을 했다.

"아니, 카이드런 도련님! 이게 몇 년 만이신가요?"

카일 역시 그 하인을 알고 있는지 머쓱한 표정으로 손을 들어보였다.

"여, 잘 있었어? 코볼로. 겨우 삼 년밖에 안 됐어."

코볼로라고 불린 하인은 거대한 팔을 펼쳐 카일을 껴안으려 했다.

"도련님! 정말 반가워요! 얼마나 기다리고 있었다고요."

날렵하게 코볼로를 피한 카일이 손을 휘저었다.

"징그럽게 왜 그래? 그보다 아버지는 계시냐?"

"아, 가주님은 대가주님과 잠시 출타 중이세요. 곧 돌아오실 것 같으니 들어가서서 기다리세요! 제가 저택에 셋째 도련님이 돌아오셨다고 전할게요!"

카일은 깊은 한숨을 내쉬며 고개를 끄덕였다.

"그, 그래."

카일과 벨드, 크리스는 코볼로의 안내를 받았다.

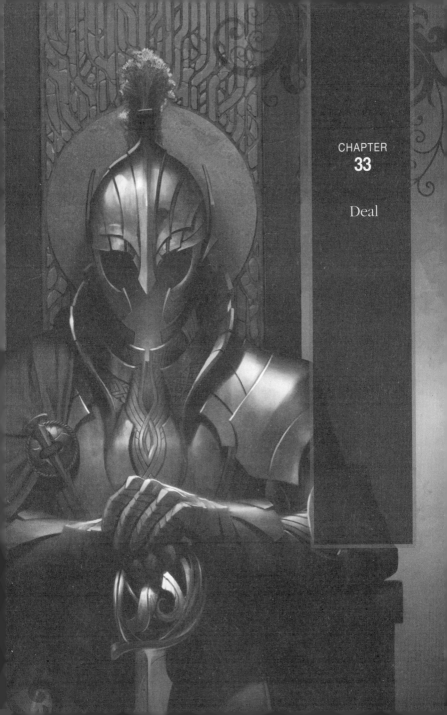

CHAPTER
33

Deal

Master of Fragments

정문 근처에는 또 화려한 마차가 한 대 준비되어 있었다. 정문에서부터 본가 건물까지의 거리가 상당한 만큼 접객용 마차를 둔 것이었다.

벨드의 눈에 저택의 풍경이 지나쳤다. 그는 연신 탄성을 내뱉고 있었다.

"야, 카일. 너희 집이 황궁보다 더 화려한 것 같은데? 대체 얼마나 부자인거냐?"

"흠, 어렸을 때 아버지를 따라 황궁에 가본 적이 있었는데, 내 상상보다 초라해 보였었거든. 금화 보유량은 황실이 훨씬 많지만, 황실은 정책자금으로 쓰일 것이 많으니 재정적 여유는 드레이크가 훨씬 좋다고 볼 수 있겠지."

"정말 슈반스님의 저택은 초라해 보일 정도구나."

크리스 역시 아름드리 나무가 우거진 정원(?)을 보며 나직한 탄성을 내뱉고 있었다.

"우와… 이런 집안에서 태어난 애가 어떻게 저럴 수 있는 거지?"

"그건 무슨 뜻이냐?"

"뭐랄까, 조금 더 기품이 있거나 고상해야 하는 것 아닌가 해서 말이야."

"쳇, 부자와 기품은 전혀 다른 이야기라고. 고작 50년 동안 집안의 기품이 생길 거라고 생각하는 거냐? 할아버지는 그저 돈 아끼는 노랭이 노친네고, 아버지는 돈밖에 모르는 속물일 뿐이야. 그 아래서 자란 우리 형제들 역시 크게 다를 게 없어."

"너, 자신의 가족들에 대해 굉장히 냉정하게 평가하는구나?"

"사실이니까. 그래서 누누히 말하지만 장사꾼 따위는 되기 싫다고."

그사이 마차는 본건물에 도착해 있었다. 어느새 집안 전체에 카일의 귀가 사실이 알려졌는지 떠들썩해져 있었다.

약 십여 명의 남녀 하인들이 건물의 문을 활짝 열고 그를 기다리고 있었다.

마차의 문이 열리고 카일이 내리자 하인들이 고개를 숙이며 그를 환대했다. 그중 흰머리를 뒤로 넘긴 집사가 밝은 표정으로 다가왔다.

"어서 오십시오, 셋째 도련님. 외유(外遊)는 편안하셨습니까?"

자연스럽게 외투를 그에게 맡긴 카일이 고개를 저었다.

"오랜만이야, 구스타프. 그다지 편하지는 않았어. 그보다 내 친구들 시중 좀 부탁해."

"네, 알겠습니다. 도련님."

그의 지시로 하녀 두 명이 벨드와 크리스에게 붙어 외투를 받아주고 조금 떨어져 따라다녔다. 이런 대접을 처음 받아본 그들은 오히려 더 불편하게 느껴졌다.

"아버님은 언제쯤 돌아오시지?"

"볼라덴 상가에 점심초대를 받고 대가주님과 함께 나가셨으니 곧 돌아오실 겁니다. 아, 그보다 얼마 전에 큰 도련님께서 돌아오셨습니다."

카일의 표정이 처음으로 밝아졌다.

"큰형님이?! 지금 어디계시지?"

구스타프라는 집사가 대답하기도 전에 익숙한 목소리가

들려왔다.

"어디 계시긴? 여기에 있다, 녀석아!"

카일의 고개가 빠르게 돌아갔다. 그곳에는 진갈색의 곱슬머리가 귀까지 자연스럽게 흘러내린 남성이 서 있었다. 카일과는 다르게 훤칠한 키에 제법 잘생긴 외모를 가지고 있었다.

"에르벤 형님! 정말 보고 싶었어요!"

카일이 급히 달려가 그와 반갑게 포옹을 했다. 동생을 힘껏 안아준 에르벤이 머리를 헝클어뜨리며 말했다.

"너, 몇 년 사이에 키가 좀 큰 것 같은데?"

"아주 쬐끔요! 그보다 언제 돌아오신 거예요?"

"한 달 정도밖에 안 되었어. 이제 스무 살이 되었으니 돌아올 때가 된 거지."

"성과는 좀 있으셨어요?"

"흠, 나쁘지 않은 성과였어. 연 거래 약 2,000,000만 겔드 규모의 선단(船團)을 가지게 되었으니까."

"우와! 대단하네요!"

"그러는 너는 어땠지? 아직 2년 정도 기간이 더 남은 것 같은데 벌써 돌아오다니 둘 중 하나겠군. 엄청난 성공을 거두었거나, 쫄딱 말아먹거나."

카일이 우물쭈물 대답을 하지 못하자 에르벤이 씁쓸하게 웃었다.

"후훗, 후자인가 보구나. 어쨌든 이렇게 건강한 모습으로 다시 보니까 좋구나. 그래도 아버님의 꾸중이 장난 아닐 텐데, 꽤나 시달리겠는걸?"

"뭐, 어쩔 수 없죠."

시선을 돌린 에르벤이 고개를 돌렸다.

"일행이 있었나 보구나?"

벨드와 크리스에게 다가간 에르벤이 고개를 살짝 숙이며 인사를 건넸다.

"카일의 첫째 형인 에르벤 드레이크라고 합니다. 오랜만에 동생을 만난 게 너무 기뻐서 손님이 함께 온 걸 몰랐네요."

크리스가 그녀답지 않게 얼굴을 붉히며 말을 더듬거렸다.

"아, 아니에요! 저희는 그냥 카일의 친구인걸요. 그러니 편하게 대해주세요."

에르벤은 아주 자연스럽게 친근한 어투로 바꾸었다.

"하핫! 카일 녀석이 이렇게 예쁜 친구를 만들다니 대단한걸? 그리고 옆의 친구는?"

"베르난드 길버트라고 합니다."

빙긋 웃은 에르벤이 손을 내밀어 악수를 나누었다.

"첫 느낌만으로도 좋은 친구들 같군. 다 말아 먹었다고는 하지만, 이 두 친구를 만난 것만으로도 대단한 성과를 냈다고 할 수 있겠는 걸?"

벨드가 손을 내저었다.

"과찬이에요. 그냥 보통 친구인걸요."

"아니, 수천 명의 사람을 만나본 내 짐작은 거의 틀리지 않거든."

큰형이 치켜세우자 우쭐해진 카일은 크게 동의하며 끼어들었다.

"맞아요. 둘 다 대단한 친구들이죠."

"하핫! 알겠다, 이 녀석아! 이렇게 서 있지 말고 들어가자꾸나."

잠시 분위기를 정리한 에르벤은 그들을 응접실로 이끌었다.

소파에 앉자 하녀가 차와 간식거리를 내주었다. 벨드와 크리스가 화려한 벽화와 고급스러운 가구와 집기들로 꾸며진 응접실을 감상하고 있을 때, 에르벤이 먼저 말을 꺼내었다.

"반가운 동생을 만난 것은 좋은데, 갑자기 이렇게 찾아온 데에는 뭔가 이유가 있겠지? 평소의 고집쟁이 카일이라면 절대 20살이 되기 전에 돌아오지는 않았을 테니까 말이야."

벨드와 크리스는 카일의 얼굴을 살폈다. 그의 얇은 입술이 살짝 깨물려 있었다. 가벼운 이야기가 아님을 눈치챈 에르벤이 찻잔을 내려놓으며 말했다.

"흠, 뭔가 어려운 일인가 보군. 쉽게 꺼낼 이야기가 아니라면 아버지와 할아버지께서 돌아오시면 하도록 해."

카일은 자신의 입장을 존중해 주는 큰형에 대해 감사함을 느꼈다.

"둘째 형님은 소식이 있나요?"

쿠키 조각을 입에 넣던 에르벤이 의외라는 듯 되물었다.

"네가 웬일이지? 캐넌의 소식을 다 물어보고."

"별로 관심 있는 건 아니지만, 언제 돌아오는지 정도는 알아야 안 마주치죠."

"에휴, 둘째와 그렇게 사이가 안 좋아서야. 좀 잘 지낼 수는 없겠냐?"

"그건 내가 마음대로 할 수 있는 게 아니라고요. 둘째 형님의 성격이 나쁜 거니까요."

"뭐, 나이가 더 들면 나아지겠지. 캐넌도 내년이 되면 돌아올 것 같던데? 귀금속 유통에 손을 대고 있는데, 벌써부터 시장에서 꽤나 유명해 졌어."

"흠, 그 성격으로 잘도 장사를 하는군요."

"냉정한 면이 있지만, 장사꾼으로 본다면 아주 큰 장점이라고 볼 수 있지. 자신의 감정을 배제하고 일을 처리할 수 있으니까. 너처럼 욱하거나 경솔하지도 않고 말이야. 하하!"

"형님! 친구들 앞에서 꼭 그렇게 이야기 해야겠어요?!"

"하핫! 친구들이라면 내가 말하지 않더라도 이미 알고 있을 걸?"

크리스는 격렬히 동의하며 고개를 끄덕였다. 조용히 차를 마시고 있는 벨드를 바라본 에르벤이 물었다.

"벨드는 룬아머러인가?"

룬아머러 부대의 정복을 입은 모습으로 유추한 듯했다.

"네, 원래는 황립 룬아머러 아카데미의 생도였는데, 얼마 전 둔켈의 침공 때문에 차출되었어요. 오늘은 마침 근무가 없는 날이라 카일과 함께 올 수 있었죠."

"대단하군. 룬아머러라는 존재는 뭐랄까, 우리 형제들에게 어려서부터 선망의 대상이었거든. 후훗! 물론, 어느 남자아이들이나 그랬겠지만 말이야."

아마 벨드가 가즈아머러라는 사실을 알게 된다면 입에 거품을 물것이라는 사실을 알았던 카일은 속으로 웃고 있었다.

—따가닥! 따가닥!

창 밖으로 말발굽과 마차바퀴소리가 들려왔다. 바깥이 소란스러워지자 카일의 표정이 딱딱하게 굳었다. 할아버지와 아버지가 귀가했다는 것을 알았기 때문이었다. 잠시 침묵이 이어지더니 문이 열리는 소리가 들렸다.

—딸칵!

"대가주님과 가주님께서 오셨습니다. 도련님."

집사의 목소리가 들리더니 지팡이를 든 키 작은 노인과 중

년인이 응접실로 들어왔다. 드레이크가의 수장인 에이컨 드레이크와 현 가주인 솔러먼 드레이크였다. 카일 형제와 벨드, 크리스는 자리에서 그들을 맞았다. 듬성듬성한 백발을 옆으로 빗어 넘긴 에이컨이 카일에게 다가와 마주보며 담담한 미소를 지었다.

"허헛! 카일이 돌아왔다고 해서 바로 이쪽으로 왔다. 녀석, 몇 년 사이 듬직해 졌구나? 이 할배를 안아주겠느냐?"

팔을 펼치자 카일이 자연스럽게 포옹을 하였다.

"잘 지내셨어요? 할아버지. 그리고 아버지."

옆에서 점잖게 지켜보던 솔러먼이 고개를 끄덕였다.

"건강해 보여서 다행이구나, 카일."

솔러먼 역시 3년 만에 보는 아들이 반갑기도 했지만, 드레이크 가문의 가주로써 그의 신색을 살피고 있었다. 미간을 살짝 찌푸린 그는 은근한 말투로 물었다.

"흐음, 차림새를 보아하니 외유를 성공적으로 마친 것 같지 않구나?"

다른 이야기보다 외유에 대한 이야기를 먼저 꺼내는 아버지가 야속하다고 생각했지만 어느 정도 예상한 일이었다.

"실망스러우시겠지만, 저는 형님들처럼 수완이 좋지가 않으니까요. 이미 짐작하신 일이라고 생각합니다."

"흐음……."

의외로 꾸지람은 없었다.

"자자, 다들 앉아서 이야기를 하자꾸나."

에이컨이 지팡이를 한쪽에 내려놓고 소파의 상석에 앉자 다른 이들도 자신의 자리에 앉았다. 편안한 얼굴로 카일과 솔러먼 부자를 둘러보던 에이컨이 나긋한 목소리로 말했다.

"모든 자식들이 부모의 마음에 들게 성장하는 것은 아니지. 가업은 에르벤과 캐넌이 이으면 될 테니 카일 너는 더 이상 부담을 갖지 않아도 괜찮다."

"예?"

"다만 외유가 네가 좋은 경험이 되었었다면 좋겠구나."

"자, 잠깐만요! 할아버지. 그럼 제가 이번 외유에 실패할 것이라는 사실을 미리 염두에 두고 계셨다는 건가요?"

카일의 아버지 솔러먼이 말을 받았다.

"흠, 꼭 그렇게 단정했다기보다는 크게 기대를 하지는 않았다는 것이 더 맞겠구나. 어려서부터 상인이 되기에는 너무 무른 성격을 가지고 있었지. 그러니 우리에게 너무 미안해하지 않아도 된단다."

외유로 인해 지난 몇 년간 마음 고생, 몸 고생을 한 카일의 머릿속이 복잡하게 엉클어지고 있었다. 결국 자신이 겪은 험난한 일들에 대한 억울함이 한꺼번에 목구멍 깊은 곳으로부터 넘어오자 악에 바친 얼굴을 한 카일은 테이블을 쿵 딛고 일어서며 말했다.

"실패하긴 누가 실패를 했다고 그러세요! 오늘 제가 찾아온 이유는 할아버지와 아버지께 사업 제안을 드리려고 온 것이라고요!"

에이컨와 솔러먼이 서로의 얼굴을 바라보며 의외라는 표정을 지었다.

"흐음, 사업 제안이라고? 의외로구나. 당연히 모든 것을 포기하고 돌아온 것인 줄 알았건만."

"그러게 말입니다. 사업 제안이라니……."

뼛속까지 상인이었던 솔러먼은 이런 상황에서도 그의 제안에 대해 호기심을 가진 듯했다.

"그래, 어디 그럼 그 사업 제안이라는 것을 한번 들어볼까?"

둘의 얼굴을 살피며 제자리에 앉은 카일이 차근차근 이야기를 꺼내어 놓기 시작했다.

"아버지, 지금 드레이크 가문에서 보유하고 있는 미스릴의 양이 얼마나 되죠?"

"미스릴? 갑자기 미스릴 이야기는 왜 꺼내는 것이냐?"

카일의 목소리가 차분하게 가라앉았다.

"으음… 두 분께는 뜬금없는 이야기일지도 모르겠지만… 저는 앞으로 룬아머 제조 및 판매 사업을 해보려고 해요."

그의 말에 할아버지와 아버지는 물론 동행한 벨드와 크리스 역시 눈을 휘둥그렇게 떴다.

"룬아머 제조 사업이라고?"

에이컨과 솔러먼이 너무나 놀란 나머지 서로의 얼굴을 바라보았다. 솔러먼은 자신이 잘못들은 것이 아닌지 재차 물었다.

"룬아머라고? 그것은 현자의 탑에서 하고 있는 일이 아니냐?"

"네, 맞아요."

"그 기술력을 확보하는 것이 가능하다는 말이냐?"

그들의 질문 공세가 끝이 없을 것이라 느껴지자 화제를 돌렸다.

"지금 미스릴의 시세가 어떻게 되죠?"

그의 물음에 에르벤이 대답해 주었다.

"생산지마다 순도에 따라 가격 차이는 좀 나지만 대략 1켈러당 20겔드 선에 거래되고 있다. 지금은 아마 더 올라서 30겔드 정도까지 치솟았고, 이 상태가 유지된다면 곧 그 이상도 되겠지. 둔켈들 때문에 난리도 아니니 말이야."

카일은 크리스를 가리키며 소개를 시켰다.

"이쪽은 크리스티나에요. 두 분도 잘 아시는 청동 날개 길드의 메인 미케닉이죠."

눈앞의 어린 소녀가 이름 높은 청동 날개 길드의 미케닉이라는 사실에 놀란 표정을 지었다. 카일은 틈을 주지 않고 크리스에게 물었다.

"크리스, 룬아머 파츠당 얼마의 미스릴이 사용되지?"

"음, 파츠의 면적에 따라 다르지만 보통은 1.5켈러 정도가 사용되지. 합금으로 사용되기 때문에 아주 많은 양은 들어가지 않아."

"그럼 파츠당 판매가격은?"

"현자의 탑 기준으로는 제작비용 및 마법진 안착비용까지 포함하여 약 1,200에서 1,300겔드에요."

득의의 미소를 지은 카일이 할아버지와 아버지를 바라보았다.

"들으셨죠? 원가가 많아봐야 50겔드. 그것을 투자해서 최소 1,200겔드의 가치를 지닌 물건을 만들어낼 수 있다고요. 게다가 지금은 룬아머가 부족한 전시상황! 황실에서도 군비 축소를 위해 조금이라도 더 저렴한 쪽을 선택할 것이고요."

할아버지와 아버지는 마른침을 꿀꺽 삼켰다. 그들을 보며 신중한 표정을 지은 카일은 두 손을 모으며 낮은 목소리로 말했다.

"두 분도 상인이시니 지금부터 나누는 대화는 극히 중요한 비밀로 해주세요."

"무, 물론이다."

"얼마 전 청동 날개 길드의 미케닉실에서 자체적으로 마법진을 안착시키는데 성공을 했어요. 저 역시 지금 그 일을 하고 있고요."

"흐음! 그것이 사실이라면 정말 굉장한 일이로구나."

기대했던 반응이었다.

"이런 일로 거짓말을 할 수는 없죠. 그래서 저는 이 일을 드레이크 가문의 사업으로 연결시키기 위해 오늘 두 분을 찾아온 거예요."

"그렇구나!"

솔러은 상인으로서의 감각이 자극됨을 느꼈다. 그의 귀는 빨려들 듯 카일의 입에 집중되었다.

"지금 무슨 일인지 며칠 전부터 연방제국에 유통되는 미스릴이 자취를 감췄어요. 그래서 룬아머를 제작하려고 해도 불가능해졌죠."

"흐음, 우리 역시 미스릴의 가격 변동이 심상치 않음을 느끼고 움직이려 했지만 그만두었다. 어차피 사용처가 제한적이니 제아무리 가격이 뛴다고 하더라도 전시상황이 종료되면 순식간에 폭락할 것이니 말이야. 하지만 지금 시장에서 자취를 감추었다면 틀림없이 현자의 탑에서 모두 선점해 있을 게다. 다른 상인들이 미스릴에 손을 댄다는 소문은 못 들었거든. 워낙 소문이 빠른 게 이 바닥이니까."

"걱정했던 바와는 다르게 상인들이 미스릴을 독점한 사실은 없는 것이라 볼 수 있겠군요. 그렇다면 현자의 탑에서 모두 사들였다는 이야기밖에는……."

"아마 틀림없을 게다."

"우리 가문에서 가지고 있는 미스릴이 얼마나 되죠?"

"너도 알다시피 드레이크가문은 거의 모든 금속에 대해 어느 정도 재고를 가지고 있지. 재작년 쯤 중간 마진을 보기 위해 확보해 놓은 물량이 제법 있을게다."

카일은 꼬박꼬박 대답해 주는 아버지를 보며 가볍게 웃었다. 그리곤 이내 사무적인 얼굴을 하며 말했다.

"아버지, 그 미스릴을 제게 납품해 주세요! 그것도 단순한 납품이 아니라 드레이크 가문과 제조 파트너가 되고 싶습니다. 룬아머 제작은 청동 날개 길드에서, 판매는 드레이크 가문에서! 그리고 수익율은 50대 50. 어떻겠습니까?"

"흐음……."

순식간에 흘러나온 엄청난 이야기들. 그리고 룬아머 제작 및 판매라는 대단한 이권이 걸린 일을 마주하자 장사꾼으로 수십 년간 굴러먹은 드레이크가의 대가주와 가주도 쉽게 대답할 수 없었다. 에이컨은 솔러먼을 향해 말했다.

"이 일은 가주가 정하거라."

결정권을 건네받은 솔러먼은 턱을 꿰며 심사숙고하였다. 차는 이미 식어 있었고, 카일과 벨드, 크리스는 그의 결단을 기다렸다. 이윽고 낮은 목소리가 들려왔다.

"에르벤, 지금 당장 캐넌에게 연락을 해라. 미스릴 탄광이 있는 퀘도르로부터 최대한의 미스릴을 사들이라고. 그 모든 재정지원은 드레이크 본가에서 한다. 그리고 에르벤 너는 퀘도르에서 수로를 통해 발로인까지 미스릴을 운송하도록."

에르벤이 씨익 웃으며 큰 목소리로 대답했다.

"네! 아버님!"

그리고 카일을 바라보며 말했다.

"이번 일이 제대로 성사되면 드레이크 가문은 엄청난 시장을 개척하게 되는 것이다. 너는 드레이크가문의 대표로써 청동 날개 길드와의 협업을 책임지거라. 룬아머 제작에 필요한 지원은 모두 드레이크가에서 책임지겠다."

"네, 아버지!"

벨드와 크리스는 한숨이 놓이는 듯 긴장되어 있던 어깨를 떨구었다. 그리고 환영의 의미로 거한 저녁 식사를 대접받을 수 있었다.

드레이크 저택에서 숙식을 하라는 아버지의 제안을 거절한 카일은 벨드, 크리스와 함께 청동 날개 길드로 향했다. 그는 깊은 한숨을 내쉬었다.

"하아, 뭔가 집안에서 인정받은 느낌이라 좋긴 하지만, 할 아버지와 아버지 말에 열 받아서 마구 내뱉은 말인데 괜찮을까? 갑작스럽게 청동 날개 길드에서 룬아머를 만들어 팔아야 하는 상황이 되어버린 거잖아? 물론 아직 계약을 하지 않았으니 철회를 할 수는 있겠지만."

그의 걱정에 크리스가 어깨를 으쓱 거렸다.

"어차피 너희 집안에서 미스릴을 내주지 않는다면 더 이상 룬아머 제작을 할 수 없는 상황이잖아? 분명 자신들에게 이득이 되지 않으면 움직이지 않으셨을 테니 좋은 대응이었다고 생각해."

"정말? 왠지 크리스 네가 그렇게 이야기 해주니 마음이 놓인다. 헥터 길드장님께 보고하려니까 떨리는데?"

"꽉 막히신 분이 아니시니 이해해 주실 거야. 그보다 너희 큰형은 엄청 멋지던걸? 어떻게 큰형만 그렇게 훤칠하게 클 수 있는 거지? 할아버지나 아버지도 키가 작으시더니 말이야. 아무튼 멋지더라."

"어쩐 일이냐? 남자한테 별 관심도 없던 녀석이."

"지적이면서 다정해 보이는 느낌이랄까? 아무튼 마음에 들던걸?"

"딴사람이라면 모를까 큰형이라면 인정할 수밖에. 어머니께서 키가 크셨다고 하더라고. 나야 기억이 없을 때 돌아가셔서 잘 모르지만. 둘째 형도 그렇고, 형들은 다들 키가 다 커서 나도 더 클 수 있다고 기대하고 있었는데, 이제 포기했다. 생긴 대로 살아야지 뭐."

고개를 돌린 카일이 멍하니 차창 밖을 내다보고 있는 벨드를 향해 물었다.

"뭘 그렇게 생각하고 있냐?"

"하아, 지금까지 너도 나만큼이나 불쌍한 녀석이라고 생각했는데, 그런 어마어마한 집안의 아들이라는 사실을 알게 되니 허무해서 그런다. 또 뭐 숨기고 있는 거 없냐?"

"으음, 사실은 나도 가즈아머러야."

"으웅?! 저, 정말이야?"

카일이 피식 웃으며 자신의 손등을 보여줬다.

"설마 그럴 리 있냐? 이제 비밀 같은 거 없다!"

"후훗! 알았다."

마차는 청동 날개 길드에 거의 닿아 있었다.

*　　　*　　　*

늦은 시간이었지만 헥터는 이들이 돌아올 때까지 집무실에서 기다리고 있었다. 이번 룬아머 제작에 대해 큰 관심을 보이고 있었기 때문이었다. 그들이 집무실로 들어와 자리에 앉자.

"오, 이제 돌아왔군. 그래, 미스릴에 대한 일은 어떻게 되었지?"

헥터의 표정을 살피던 카일이 자리에 앉으며 집에 갔던 일을 설명했다. 그리고 할아버지, 아버지와의 대화 내용을 이야기할수록 헥터의 표정이 시시각각 변했다. 이윽고 카일의 이야기가 끝나자 헥터는 버릇처럼 파이프 담배에 손이 갔다. 연초에 불을 붙인 헥터는 연기를 한 번 크게 내뱉으며 말했다.

"카일이 드레이크 상가의 자식이었다니, 정말 뜻밖이로군."

"미리 밝히지 못해서 죄송합니다."

"아니야, 내가 미리 짐작하지 못했던 것도 잘못이었지. 벨드에게만 관심을 쏟았으니."

"하지만, 감사드립니다. 아무것도 없는 제게 여러 기회를 주셔서 말이죠."

"허헛! 이제 오히려 도움 받는 것은 청동 날개 길드인 것 같군. 여기 있는 모두가 알다시피 우리가 선택할 수 있는 길은 그리 많지 않아. 특히 미스릴 확보는 우리 길드의 힘만으로는 절대 불가능했던 일. 그 해결 방법만 된다면 드레이크 상가와 손을 잡는 것을 피할 이유는 없지. 게다가 현자의 탑과 비견될 만한 자금력을 가진 상대라면 더욱 그렇고 말이야."

"그렇다면 제 제안대로 룬아머를 대량으로 제작하실 의사가 있다는 건가요?"

"오히려 우리가 앞으로 해야 할 일이다. 현자의 탑에서 장난을 쳐놓은 룬아머를 가지고 연방제국을 지킬 수는 없는 노릇이지. 크게 본다면 연방왕국의 모든 룬아머를 교체해야 할 수도 있는 일. 우리의 힘만으로는 부족했는데 마침 잘 되었다."

벨드와 크리스가 카일의 어깨를 두들겨 주었다.

"잘됐다, 카일! 이로서 집안에서 완전히 인정받을 수 있겠는걸?"

"거봐, 헥터 길드장님께서 허락하실 거라고 말했잖아."

그제야 긴장이 풀린 듯 소파에 등을 기댄 카일의 표정이 풀렸다.

"휴우, 다행이다! 그래도 이제부터가 큰일인걸? 룬아머 제조 설비부터 인력확보까지 신경 써야 할 테니까. 게다가 청동날개 길드에서 제작하는 데에는 한계가 있을 테니, 드레이크 상가에 룬아머 제작에 필요한 장소와 도구를 요청해야겠어. 인스톨러도 더욱 많이 필요해."

빠르게 머리를 회전시키는 카일을 보며 헥터가 웃었다.

"허헛! 저런 모습을 보니 딱 드레이크 상가의 사람이로군."

"그런가요?"

"그럼 드레이크 상가와 계약을 체결할 때 알려다오. 내가 직접 찾아갈 테니."

"네! 알겠습니다!"

큰 짐을 내려놓은 카일은 그 어느 때보다 의욕이 넘치고 있었다. 벨드와 크리스 역시 그에 동화된 듯했다.

밤이 점차 깊어졌지만, 그 누구도 잠자리에 들지 않고 자신이 할 일을 찾아 뿔뿔이 흩어졌다.

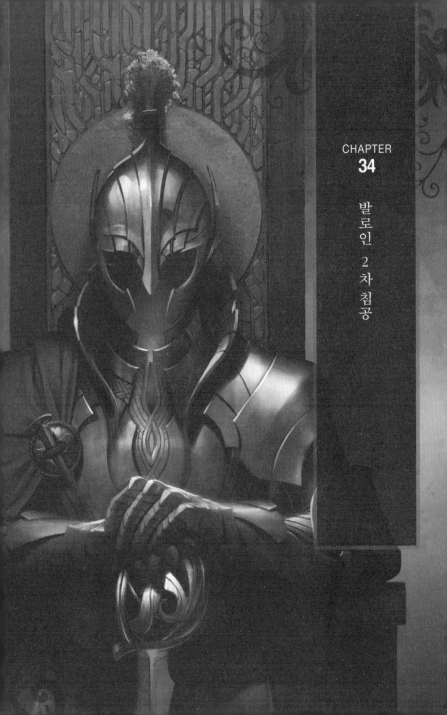

CHAPTER
34

발
로
인

2
차
침
공

Master of Fragments

"꺄악! 슈반스!"

셀린느는 나쁜 꿈에서 깨어났다. 벨드가 다녀간 이후로 잠
자리가 편했던 적이 없었지만, 오늘은 유독 끔찍했다. 징그러
운 벌레들 사이에 파묻힌 슈반스가 자신을 향해 손을 내뻗었
다. 그가 뭐라 입을 벙긋거리기만 해서 전혀 알아들을 수 없
었던 셀린느는 위기감에 휩싸여 소리만 질렀다.

가슴이 먹먹해졌다.

"또, 꿈인가?"

노크 소리가 들렸다

―똑똑!

"셀린느님, 일어나셔야 할 시간입니다. 샤르덴가와의 티타임에 맞추시려면 지금 준비하셔야 합니다."

하인츠의 목소리가 조금은 안정을 주었다. 침대에서 일어나 가운을 걸쳤다.

"들어오세요."

따뜻한 물과 타월을 가지고 들어온 하인츠가 셀린느의 얼굴을 바라보았다.

머리카락이 젖어 있음을 발견한 그는 걱정스러운 얼굴로 물었다.

"또, 악몽을 꾸셨습니까?"

"네, 오늘은 좀 더 불길한 꿈이었어요."

"흐음, 슈반스님에 대한 생각이 깊어 가시나 봅니다."

벽의 거울을 바라보던 셀린느는 잠시 생각에 빠졌다.

"하인츠, 오늘 샤르덴가와의 티타임 약속을 취소해 주세요. 여러 집안에서 모이는 자리이니 내가 빠진다고 해도 크게 흠잡힐 일은 아닐 거예요."

"그렇게 하시겠습니까? 사람을 보내겠습니다."

"그리고 마차를 준비해주세요."

"어디로 출타를 하시겠습니까?"

"헥터님을 좀 만나 뵙고 싶어요."

"네, 그럼 마차를 준비시키겠습니다."

하인츠가 나가자 셀린느는 씻고 가볍게 치장을 하기 시작했다.

오후 무렵이 되어 셀린느는 청동 날개 길드에 도착할 수 있었다. 셀린느는 투명한 눈으로 헥터를 마주했다. 평소 당당하던 헥터는 불편한 기색이 역력했는데, 슈반스의 일로 그녀에게 빚을 진 기분이 들었기 때문이었다.

"흠흠! 잘 지내고 있느냐?"

"얼마 전 벨드를 통해 슈반스의 소식을 전해 들었어요."

딸처럼 가까운 그녀였지만 오늘따라 불편하기 짝이 없었다.

"내가 직접 전하기 모해서 벨드에게 부탁했다. 괜히 분위기가 무거워질 것 같아서 말이지."

"좋은 판단이셨어요."

그에 대한 별다른 말이 없자 헥터의 얼굴이 한층 편해졌다.

"오늘은 무슨 일이지?"

잠시 뜸을 들이던 셀린느가 조심스럽게 이야기를 꺼냈다.

"며칠 동안 악몽에 시달리고 있어요. 그런 것을 믿는 편은 아니지만, 왠지 그이가 위험에 처해 있을 거라는 느낌이 들어요."

"흠, 믿고 싶지 않은 꿈이로구나."

"게하드님께는 그 이후로 소식이 없으신가요?"

"나 역시 궁금해하고 있는 차였단다. 하지만 비밀리에 행적을 찾고 있는 중이라 수시로 연락을 주고받기 힘드니 기다리는 수밖에 도리가 없지."

"그렇군요."

초조한 모습으로 자신의 손가락을 매만지던 셸린느가 말을 이었다.

"헥터 길드장님. 그이의 소식이 있다면 숨김없이 제게 말씀해 주세요. 좋은 소식이든, 좋지 않은 소식이든 알 권리가 있으니까요."

헥터는 고개를 끄덕였다.

"내 약속하마. 꼭 슈반스에 대한 소식은 있는 그대로 전해주도록 하지."

"감사해요."

확답을 받은 셸린느는 자리를 털고 일어났다.

"벌써 가려고?"

"네, 집안 정리를 좀 하려고요. 그럼 헥터 길드장님도 몸조심하세요."

"고맙다. 조심히 가거라."

셸린느가 나가자 헥터는 의자에 기대어 허공을 바라보았다.

"하아, 슈반스. 대체 어디 있는 것인가?"

헥터의 한숨이 깊어만 졌다.

*   *   *

어두운 실내에 마도석 등이 켜져 있었다. 은은하게 일렁이는 빛 아래로 브로이덴의 늙은 얼굴이 짙은 음영을 가지고 드러났다. 그는 붉은 액체가 든 시험관을 흔들며 빛에 비추어 보았다.

"끌끌! 녀석, 활기차게 생겼군."

시험관을 손가락으로 톡톡 두들기며 흡족한 미소를 짓고 있을 때, 반쯤 열린 창을 통해 바람이 불어왔다.

─휘이잉!

어느새 브로이덴의 뒤에 쿨린이 서 있었다.

"오, 마스터 쿨린. 왔나? 그렇지 않아도 기다리고 있었다네. 이 녀석이 워낙 보채고 있어서 말이야?"

쿨린에게 시험관을 들어 보여주었다.

"예, '그'를 지하감옥에 옮겨 놓았습니다. 마스터."

"끌끌! 드디어 왔군. 어서 가세나."

브로이덴은 붉은 액체가 든 시험관을 소매에 넣고는 자신의 집무실을 나섰다.

푸른 불빛이 떠다니며 브로이덴의 발 앞을 밝혀주었다. 얽히고설킨 계단을 지나 지하감옥에 도착했다. 눈을 가린 채 그 앞을 지키고 있던 건장한 남성이 육중한 문을 열어주었다.

—구궁!

거친 소리를 내며 문이 열리자 브로이덴은 성큼 걸음으로 안으로 들어섰다. 피부를 감싸는 습한 공기. 천장의 작은 구멍으로부터 밝은 달빛이 스며들고 있었다.

달빛이 닿은 벽면, 한 남성이 상의가 벗겨진 채 붉은빛을 내는 쇠사슬에 사지가 묶여 있었다. 브로이덴은 그의 앞으로 다가와 얼굴에 씌워진 복면을 벗겨내었다.

초췌한 얼굴의 남성. 바로 페르민에서 실종되었던 슈반스였다.

"으음… 누구냐?"

한참동안 물을 마시지 못한 듯 갈라지는 목소리. 브로이덴은 신기한 듯 그의 몸을 뜯어보았다.

"끌끌끌! 이 자가 그 유명한 슈반스로군? 용맹한 룬아머러치고는 너무 기운이 없어 보이는데? 아아! 마봉석(魔封石)으로 만든 사슬이 그의 마도력을 흡수하고 있었군! 클클클!"

마른 입 안에 침을 모아삼킨 슈반스가 힘겹게 고개를 들었다. 눈앞의 쭈글거리는 얼굴의 낯선 노인에게 물었다.

"왜, 왜… 나를 죽이지 않고 여기까지 데리고 온 것이냐?"

브로이덴은 묘한 표정을 지었다. 그리고 하얗게 샌 반대머리를 긁적이며 대답했다.

"크으, 왜냐고? 으음, 왜일까? 한번 직접 생각해 보겠나? 룬아머러들은 추론능력이 아주 떨어지는 것 같단 말이야."

슈반스는 아무런 말을 하지 않았다. 얼마 지나지 않아 그에게 대답 듣는 것을 포기한 브로이덴이 나직한 한숨을 내쉬며 말했다.

"헤유, 오히려 똑똑한 건가? 결국 내가 말해줄 것을 알고 있었던 것일 수도 있겠군. 끌끌!"

그는 나이답지 않게 신이 난 아이마냥 들뜬 얼굴로 자신의 소매에 넣어두었던 시험관을 꺼내들었다.

"자네는 이것이 무엇인지 아나?"

마치 피처럼 붉은 액체. 아니, 액체처럼 보였지만 순간 생명체처럼 꿈틀거렸다.

"그, 그것이 무엇이냐?"

은근한 얼굴로 슈반스의 얼굴을 올려다본 브로이덴이 조용한 목소리로 속삭였다.

"이건 말일세. 둔켈의 내핵일세. 자네가 지금까지 수십, 수백을 없애 온 둔켈의 내핵! 끌끌끌! 물론 이렇게 싱싱하고 힘찬 녀석을 본 적은 없을 테지만 말이야."

"둔켈의 내핵?"

"그래, 둔켈의 내핵! 그중에서도 아주 고등 둔켈의 내핵이지! 아름답지 않나? 이 힘 넘치는 미지의 생명체가 말이야."

"크으! 그것으로 뭘 하려는 거지?"

브로이덴이 음험한 웃음을 터뜨렸다.

"크크큭! 자네를 인간 최고의 전사로 만들어주려고 하는 걸세. 수만, 수십만의 둔켈 병단을 거느린 어둠의 전사 말이야! 멋지지 않나?"

슈반스의 얼굴이 창백해졌다.

"미, 미친 노인네 같으니라고! 내가 그런 일을 하리라 생각한 것이냐! 무력으로 날 굴복시킬 수 있으리라 생각했다면 오산이다!"

브로이덴은 주름진 얼굴을 슈반스의 눈앞에 바싹 붙였다.

"클클! 그런 걱정까지 해주다니 참으로 친절하군. 하지만 염려 말게나. 자네의 이성은 곧 사라지게 될 거야. 그리고 둔켈과 같은 심장을 가진 최강의 룬아머러가 될 걸세. 내 생각이 맞다면 전설의 가즈아머에도 비견될 만한 능력을 갖게 될 걸?"

슈반스는 눈을 부릅뜨며 브로이덴의 눈동자를 직시했다. 눈동자 주변으로 불길한 붉은색 빛이 감도는 것을 알 수 있었다. 그것이 둔켈의 눈빛과 닮아 있다고 생각한 슈반스가 악에 받치는 목소리로 외쳤다.

"너, 너는 누구냐! 대체 누구길래 그런 짓을 하는 것이냐?!"

잠시 웃음을 멈춘 브로이덴이 대답했다.

"나? 나는 현자의 탑 수장인 브로이덴일세."

"넌, 브로이덴이 아니다! 인간이라면 이런 짓을 획책할 리가 없어!"

브로이덴은 자신의 뒤에 서 있는 쿨린을 의식하는 듯했다. 그리곤 귓가로 다가가 알아듣기 힘든 목소리로 중얼거렸다.

"인간에 대해 그렇게 잘 안다고 생각하나? 그 야욕의 추악함과 끝을 알 수 없는 이기심? 브로이덴 역시 그런 인간 중에 하나였지."

브로이덴의 눈동자는 전과 비교할 수 없이 붉게 물들었다. 그의 몸 주변으로 엄청난 기운이 뻗어져 나왔다. 뒤에 시립해 있던 쿨린 역시 그러한 브로이덴을 두려운 얼굴로 숨을 몰아쉬었다. 이빨을 꽉 깨문 슈반스가 신음성에 가까운 목소리로 물었다.

"대, 대체 어떻게 둔켈을 마음대로 부릴 수 있는 것이지?! 그리고 대체 이런 짓을 해서 얻으려는 게 뭐냐!"

혀를 차는 소리가 들렸다.

"쯔쯧, 너무 궁금한 것이 많군. 곧 알게 될 테니 너무 보채지 말게."

그렇게 말한 브로이덴이 오른손을 들어올렸다. 손가락이

복잡하게 움직이며 도형을 그려내더니 붉은빛을 발하기 시작
했다.

"Bruen er Fazguen Tomiraz Ba Un!"

마법진 시동어를 외친 브로이덴이 자신의 손을 슈반스의
얼굴로 가져갔다. 있는 힘껏 그의 손을 피하려 발버둥 쳤지만
마봉석으로 만든 사슬은 그의 힘을 모두 빨아들이고 있었다.

"저, 저리 집어치워! 그만둬!"

슈반스의 외침은 브로이덴의 손을 멈출 수 없었다. 브로이
덴의 손에 맺힌 붉은빛이 거미줄처럼 하늘거리며 길어지더니
슈반스의 이마로 스며들었다. 그것을 피하기 위해 안간힘을
쓰던 슈반스의 움직임이 어느새 멈추었다. 슈반스의 눈동자
는 초점을 잃었고, 브로이덴과 같은 붉은 기운이 흘러나오는
중이었다.

그런 슈반스를 보며 브로이덴이 물었다.

"크클! 기분이 어떤가 슈반스?"

슈반스의 갈라진 입술이 천천히 움직였다.

"아주 좋습니다. 로드 브로이덴."

브로이덴이 두 팔을 펼치며 슈반스를 안아주었다.

"환영하네, 나의 식구여! 자네에게 로드라는 말을 들으니
기분이 아주 괜찮군."

"감사합니다. 마이 로드."

"이제 자네에게 새로운 힘을 주겠네. 조금 고통이 있겠지만 아주 잠깐일 뿐. 그 거대한 힘에 설레게 될 걸세."

그렇게 말한 브로이텐은 시험관의 뚜껑을 열었다. 그리고 슈반스의 입 주변으로 가져가자 둔켈의 내핵이 꿈틀거리며 그의 입속으로 파고들었다.

"우욱!"

본능적인 거부. 하지만 이미 입 안으로 들어온 둔켈의 내핵은 슈반스의 몸을 빠르게 점령하기 시작했다.

"끄아아아악!"

몸속을 헤집는 고통에 슈반스는 비명을 질렀다. 그의 뇌에서부터 심장, 마나 코어까지 모두 헤쳐 놓는 듯한 고통. 시간이 갈수록 더해졌고, 그런 슈반스를 보며 브로이텐의 미소는 점점 진해지고 있었다.

*　　　*　　　*

팽팽한 마도력이 공간을 가득 메웠다. 현자의 탑 마법사들 중 마도력이 강한 이들을 차출하여 편성한 소환사들이 바닥에 새겨진 소환결계를 구동시키기 위해 마도력을 충전 중이었다. 며칠 동안 지속된 마도력 충전으로 인해 마법사 중 하나가 기력이 쇠하여 정신을 잃고 쓰러졌다.

—털썩.

마법진의 빛이 조금 줄어들자 뒤에서 대기하던 소환사가 다시 붙었고, 쓰러진 자를 끌어내었다. 그 광경을 바라보고 있던 이들이 있었다. 쿨린과 새하얀 룬아머를 걸친 인물, 바로 슈반스였다.

"이제 준비가 거의 다 된 것 같군. 새로운 힘을 얻은 후 첫 출전의 감상은 어떤가?"

투구에 가려진 목소리가 들려왔다.

"후우, 나쁘지 않군. 어서 피를 보고 싶다. 이 갈증을 씻어 줄 신선한 생명력이 필요하다."

"둔켈들의 기분이 그런가 보군. 조금만 기다리게."

얼마의 시간이 흘러 그가 손을 들어 올리자 소환사들이 자신의 자리에서 물러났다. 다들 몸을 휘청거릴 정도로 지친 기색이었다. 쿨린이 앞으로 나서며 외쳤다.

"소환사들은 모두 자리를 피해라. 내가 결계를 시동하겠다!"

두려운 표정이 된 소환술사들은 뒷걸음질 치듯 그 자리를 빠져나왔다. 곧 소환될 둔켈들에게 죽임을 당하지 않으려는 노력이 엿보였다.

넓은 실내에 소환결계 마법진과 쿨린, 슈반스만이 남았다. 쿨린은 소매를 걷어 올리며 마도력을 집중시켰다.

"Enta gue Storadin."

은은하게 파란 빛을 내뿜고 있는 마법진에 손을 대자 그 위로 공간이 일그러지기 시작했다.

"후훗, 다시 한 번 난동을 부려 보거라."

일그러진 공간으로부터 수십 쌍의 붉은 눈동자들이 드러났다.

그리고 그르렁거리는 소리와 함께 모습을 드러내는 둔켈들. 하얀색을 띈 거대한 둔켈 한 마리가 룬아머를 착용한 슈반스에게 다가왔다.

"크르르릉."

둔켈은 타액을 흘리며 슈반스의 브레스트 플레이트에 머리를 부볐다. 슈반스는 둔켈의 머리를 쓰다듬었다.

"환영한다, 형제여."

둔켈이 자신의 머리를 숙이며 내밀자 슈반스는 가벼운 몸놀림으로 둔켈의 목에 올라탔다. 그는 서쪽을 바라보며 말했다.

"자, 출발이다. 형제들이여. 서쪽으로부터 가즈아머의 냄새가 짙게 풍기고 있구나. 가즈아머부터 파괴해야겠다."

슈반스의 말을 알아들은 듯했다. 그를 태운 둔켈이 천장에 닿을 만치 거대한 몸을 일으켰다. 그리고 건물의 벽을 향해 굵은 꼬리를 휘둘렀다.

—콰아앙!

파편을 튀기며 벽이 허물어지자 그 뒤에 서 있던 둔켈들이 빠른 속도로 건물을 빠져나가기 시작했다.

그 모습을 지켜보던 쿨린은 손으로 결계를 맺더니 허공에 흩어졌다.

"그럼 수고하게나. 어둠의 슈반스여."

이제 막 어둠이 내려앉은 발로인의 동쪽 시가지로부터 시민들의 비명 소리가 서서히 퍼져 나가기 시작했다.

*　　*　　*

밤이 되자 벨드와 칼러벤은 황궁을 돌며 순찰 중이었다. 워낙 넓은 면적이었지만 룬아머러의 움직임이라면 상황발생과 동시에 움직일 수 있었기에 근위병들과 구획을 나누어 순찰을 하는 것이었다.

봄이었음에도 늦은 밤에는 입김이 새어 나왔다. 마도력이 익스퍼트급을 상회하면서 추위를 느끼지는 않았지만, 싸늘한 느낌이 싫었던 벨드는 옷깃을 세웠다.

"주무기와 룬아머러 속성은?"

칼러벤이 짧게 물었다.

"샤브레를 사용합니다. 그리고 룬아머러 속성은 결빙계

고요."

"독특한 구성이군. 무기와 결빙계 속성 마법을 동시에 쓴 다니 말이야."

그의 말대로였다. 원거리 마법이 안착된 룬아머를 착용한 이들은 대부분 무기를 사용하지 않았는데, 가젤, 데니언, 하 이져가 그런 부류였다. 그리고 무기를 주로 사용하는 룬아머 러들은 무기사용에 필요한 마법진을 안착하는 것이 보통이었 기에 무기와 공격 마법을 동시에 쓰는 벨드가 특이할 수밖에 없었다.

"가급적이면 둘 중 하나만 선택하는 것이 좋을 것 같군. 하 나만 집중하는 것이 더 강해질 가능성이 크니까 말이야."

"네, 참고하겠습니다."

그렇게 천천히 황궁을 거닐며 가끔 대화를 나누고 있을 때, 엘락의 목소리가 들려왔다.

'둔켈의 냄새가 난다. 동쪽으로 약 3켈리 떨어진 곳이다.'

'둔켈이?! 숫자는?'

'단, 서른 정도. 하지만 엑스터급 둔켈이 또 섞여 있다. 놈 들의 냄새가 진하게 나고 있어.'

'동쪽으로 3켈리라면 청동 날개 길드가 있는 방향 아니야?'

'거의 일직선상이다.'

엑스터급 둔켈의 파괴력을 직접 눈으로 봤었기에 벨드의

표정은 딱딱하게 굳을 수밖에 없었다. 벨드가 동쪽녘을 바라보았다. 그리고 때를 맞추어 종탑으로부터 큰 종소리가 울려퍼지기 시작했다.

－데엥! 데엥! 데엥! 데엥!

종소리와 함께 다시금 도시가 소란스러워지기 시작했다. 칼러벤이 종소리를 들으며 주변을 두리번거렸다.

"둔켈이 다시 출현한 것인가? 룬아머러 집결지로 움직인다."

"집결지요?"

"외부로부터 적의 습격이 알려질시 휴무 중인 소대는 긴급 소집되고, 1소대는 황궁의 중앙, 2소대는 동쪽, 3소대는 서쪽, 4소대는 북쪽을 맡게 되지. 우리는 동쪽으로 움직인다. 룬아머를 착용해라."

그렇게 말한 칼러벤이 앞으로 달려 나갔다.

"네, 알겠습니다."

몸은 칼러벤의 뒤를 쫓고 있었지만, 머릿속은 청동 날개에 대한 걱정으로 가득 차 있었다.

엘락의 목소리가 들려왔다.

'애송이, 청동 날개 길드의 걱정은 하지 않아도 된다. 오히려 네 걱정이나 하는 게 좋을 걸?'

벨드는 무슨 뜻인지 이해할 수가 없었다.

'무슨 말이야?'

'놈들은 모두 황궁으로 몰려올 거다. 그것도 최단거리로 말이야.'

'황궁으로? 놈들이 황궁을 노린다는 말이야?'

'정확히는 황궁을 노리는 것이 아니다. 황제가 가지고 있는 가즈아머를 노리고 있는 것이지.'

지금까지 전혀 생각하지 못했던 이야기에 머리를 한 대 두들겨 맞은 듯했다.

'아! 그런데 할레에서처럼 둔켈들은 가즈아머를 쫓아 먼저 움직이는구나! 그럼 그것을 가지고 있는 황제 폐하가 위험하잖아?!'

'그렇지. 아무런 공명이 없는 것을 보니 황제는 가즈아머의 선택을 받지 못한 것 같으니까.'

'공명?'

'의도적으로 가즈아머의 기운을 숨기지 않는다면 가즈아머끼리는 서로 공명함으로 의사를 소통할 수 있지. 그런데 전혀 그렇지 않을 것을 보니 황제가 가진 가즈아머가 아직 수면 상태인 것이다.'

'흐음, 어쨌든 정신 똑똑히 차리고 있어야겠군.'

둔켈의 이동 루트를 알게된 벨드는 앞서 달리는 칼러벤에게 말했다.

"소대장님, 주제넘는 이야기인지는 몰라도 황궁의 모든 룬아머러들을 동쪽으로 집결시킬 수 있겠습니까?"

빠른 속도로 달리는 중이었기에 귓가로 스치는 바람 소리가 요란했지만 벨드의 말을 놓치지 않았다.

"무슨 말이지? 모든 룬아머러들을 동쪽 문으로?"

"네, 둔켈들은 황궁의 동쪽으로 진입하게 될 겁니다."

"근거는?"

"놈들의 제1 목표가 황궁에 있는 로스트 파츠라고 생각하기 때문입니다. 둔켈과 로스트 파츠는 서로 끌어당기는 습성이 있죠. 놈들은 순식간에 황궁의 동쪽 문에 닿을 겁니다. 그때가 되면 방어가 늦게 될 것이고요."

"자네가 한 말에 확신이 있나?"

"네, 둔켈에 대해 연구하는 동료가 일러준 사실입니다. 확신합니다."

벨드의 말이 틀리기라도 한다면 적지 않은 타격을 받을 수 있는 상황이었지만, 둔켈의 출현 방향이 동쪽이었기에 그의 예상이 크게 빗나갈 일은 없다고 생각했다.

칼러벤은 짙은 바다색의 룬아머를 소환해내었다. 그리곤 전성 마법진을 통해 황궁의 룬아머러들에게 전했다.

"제2 소대 소대장 켈러벤, 근위단장님께 급보! 둔켈이 황궁 섹션 3으로 침공할 것으로 예상. 각 섹션에 최소한의 파수병

만을 남기고 섹션 3으로 집결시켜 주십시오."

귓가 너머로 하이져의 익숙한 대답이 들려왔다.

"근위단장이네. 제1 소대장의 요청에 따라 2, 3, 4소대의 정예를 섹션 3으로 보내도록 하겠네."

"감사합니다."

"그럼 섹션 3에서 보세."

그리고 벨드와 켈러벤은 가장먼저 섹션 3로 지칭된 황궁의 동쪽 문에 도착할 수 있었다.

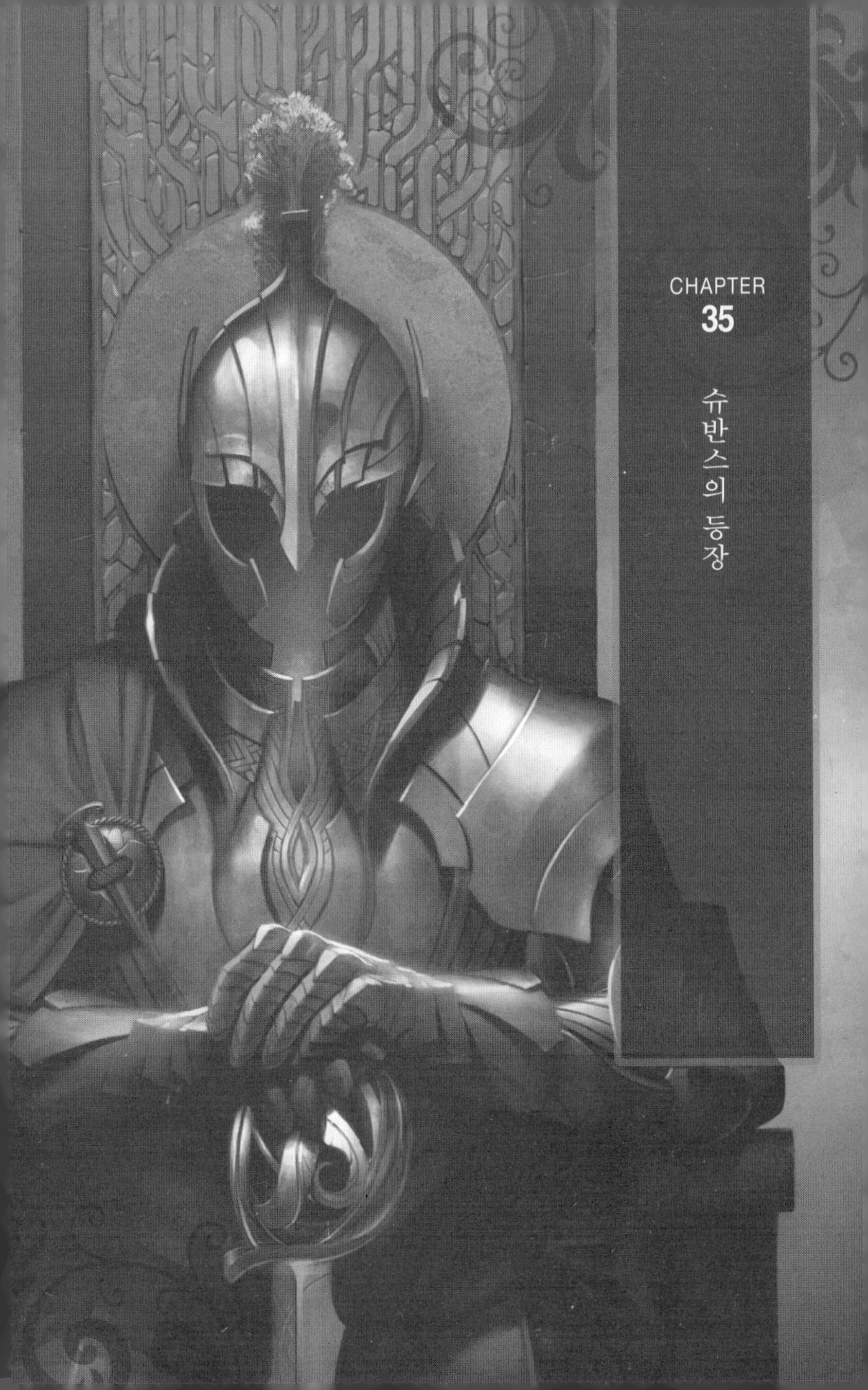

CHAPTER 35

슈반스의 등장

Master of Fragments

　같은 시간, 청동 날개 길드에서 대기 중이었던 헥터 소대 역시 자신들의 구역에서 울리는 비상종소리에 긴급출동을 하고 있었다. 붉은 룬아머를 두른 헥터는 자신의 뒤를 따르고 있는 소대원들에게 말했다.

　"다들 첫 실전이니 정신 똑바로 차려라. 긴장하지 않는다면 큰 위험은 없을 것이다. 전처럼 엑스터급의 둔켈이 출현한다면 맞붙지 말고 후퇴하여 다른 소대의 전력보충을 기다린다. 클로드는 다른 소대원들을 좀 챙겨주게."

　그의 말에 크리스의 아버지인 클로드를 비롯하여 로렌, 클로아, 펠릭스의 대답이 들려왔다.

"흘흘! 알겠습니다."

"네, 소대장님!"

―콰아아앙!

얼마 지나지 않아 건물이 부서지는 소리와 사람들의 비명 소리가 들려왔다. 그리고 도로의 저 끝으로부터 붉은 눈동자를 번들거리는 둔켈들의 모습이 보이기 시작했다. 헥터는 긴급하게 지시를 내렸다.

"로렌과 클로아는 나를 따르고, 펠릭스는 클로드 옆을 떠나지 말거라. 모두 마이덴급 둔켈들이다. 좁은 건물사이로 끌어내어 한 마리씩 차근차근 처리하도록. 위험시 서로 호출한다. 전투개시!"

"네, 알겠습니다."

룬아머러들은 빠른 속도로 둔켈들에게 접근했다.

"크아아앙!"

둔켈 역시 간격을 좁혀오고 있었는데, 헥터가 먼저 마도력을 끌어올려 전투해머를 휘둘렀다.

―부우웅!

둔켈의 가슴팍을 강렬하게 두들기자 전투해머의 머리에 안착된 폭렬 마법진이 발동되었다.

―콰앙!

요란한 소리를 내며 둔켈의 딱딱한 가슴팍이 터져 나갔다. 본체와 내핵의 분간이 없었다. 상반신이 거의 날아가자 퀘퀘한 냄새를 내며 순식간에 마이텐급 둔켈 한 마리가 허공에 흩어졌다.

"역시 소대장님이시다!"

로렌 역시 헥터의 호쾌한 공격에 용기를 얻은 듯했다. 검면이 넓은 양손 검을 횡으로 눕혀 둔켈의 허리를 베어나갔다. 둔켈이 손톱을 들어 올려 막으려 할 때, 예기 강화 마법진이 발동되었다.

—그그그극!

검날이 둔켈의 손톱을 파고들었다. 하지만 손톱은 예상보다 견고했다. 예기가 강화되었음에도 완전히 잘려나가지 않자 로렌이 조금 당황했다. 하지만 그 뒤를 쫓던 클로아가 장창의 뒤축으로 양손 검의 뒷날을 때렸다.

—카앙!

금속음이 나면서 로렌의 양손 검이 둔켈의 상체를 반으로 쪼개어 놓았다. 바닥에 떨어진 둔켈의 상체에 뛰어오른 클로아가 둔켈의 목부위에 장창을 꽂아 넣었다.

—휘이이익!

바람이 불며 둔켈이 사라지자 로렌이 환호성을 질렀다.

"대단한데, 클로아?"

"호호! 이정도 가지고 뭘!"

그들의 움직임이 잠시 주춤하자 헥터의 외침이 들려왔다.

"정신을 빼앗기지 말거라. 아직도 한참이나 남았다."

"네, 죄송합니다."

클로드 역시 조금 떨어진 곳에서 둔켈들을 상대하고 있었다.

그의 손에 들려 있는 거대한 전투 몽둥이가 불을 뿜고 있었는데, 헥터와 비슷한 폭렬계 마법진을 사용하는 공격이었다. 주로 클로드가 둔켈을 때려 넘기면 펠릭스가 한손 검으로 뒷처리를 하는 방식이었다.

워낙 전투에 이골이 나 있던 클로드였기에 그의 움직임에는 거침이 없었다.

"껄껄! 속이 다 후련하구나!"

—퍼엉!

요란한 소리가 터져 나오며 벌써 두 번째 마이덴급 둔켈이 공기 중에 흩어지고 있었다.

아무래도 도심에서의 전투였기에 지형지물을 이용하는 그들에게 훨씬 유리했던 것이다.

몇 마리의 둔켈을 처리했을 때인가, 금속음이 후방으로부터 들려오기 시작했다. 전성 마법진을 통해 낯선 목소리가 들려왔다.

"베이건 소대, 도착했습니다. 헥터님의 소대시군요."

"반갑네, 베이건. 여기는 우리가 맡을 테니 옆 블럭을 좀 맡아주게. 둔켈들이 황궁을 향하고 있다네. 놈들을 저지해주게."

"네, 헥터님. 무운을 빌겠습니다."

"자네도."

그리고 얼마 지나지 않아 세 개의 소대가 더 도착하였다. 순식간에 십여 마리의 둔켈이 재빨리 움직인 룬아머러의 손에 소멸되었다.

하지만 둔켈들은 룬아머러들을 지나쳐 달리기 시작했기에 모든 둔켈을 막을 수가 없었다.

둔켈 한 마리가 자신의 옆을 지나치는 것을 본 로렌이 외쳤다.

"소대장님! 한 마리가 후방으로 뛰어들었습니다!"

"후방에 합류한 소대가 맡을게다. 그것도 안 되면 황궁 주변을 방어하는 붉은 랜스 길드에서 처리할 테니 걱정 말거라. 눈앞의 놈들이나 확실히 소멸시켜야 한다!"

"네, 알겠습니다."

그렇게 대답한 로렌은 헥터의 망치에 맞아 한쪽 어깨가 없어진 둔켈의 목에 양손 검을 찔러 넣었다.

—푸욱! 파앗!

둔켈이 또 한 마리 사라지자 나직한 한숨을 내쉬었다. 마도력을 연속해서 끌어올리자 숨이 가빠왔다. 투구 안으로 땀이 흘러내려 눈으로 들어갔다. 따끔함을 느꼈지만 닦아낼 수도 없는 상황이었고, 그럴 여유조차도 없었다.

"치잇! 정말 숨쉴 시간도 없군."

다음 공격 목표를 찾기 위해 헥터의 뒤를 쫓던 로렌은 저 멀리로부터 천천히 다가오는 뭔가를 발견했다.

"으음, 저쪽에 하얀 놈이 하나 있는데요?"

헥터 역시 그것을 발견한 듯 움직임을 멈추어 있었다.

"뭔가 심상치 않은 녀석이군."

조금 더 다가오자 달빛을 반사시키고 있는 하얀색의 둔켈이 눈에 들어왔다. 약 2층 건물 높이의 거대한 둔켈. 머리 주변으로 피부로 이루어진 갈퀴가 삐죽삐죽했다. 마이덴급 둔켈보다 훨씬 날카롭고 긴 손톱이 빛에 반사되어 반짝였고, 대여섯 개의 굵직한 꼬리가 제멋대로 움직이고 있었다. 헥터는 신음성을 흘렸다.

"또 엑스터급 둔켈인가… 바짝 긴장해라. 로렌, 클로아!"

"네, 네!"

헥터는 크게 한 숨을 들이쉬며 전투망치에 힘을 주었다. 그리고 마도력을 가득 채워 넣은 그는 저 멀리의 엑스터급 둔켈을 향해 힘차게 던졌다.

"하압!"

헥터의 손을 떠난 전투망치는 빠른 속도로 회전하며 엑스터급 둔켈을 향해 날아갔다.

─휘이잉!

둔켈은 자신의 머리를 향해 일직선으로 날아오는 헥터의 전투 망치를 빤히 보고만 있었다. 이제 곧 폭렬 마법진이 발동되어 둔켈의 머리가 산산조각 날 것이라는 생각을 하자 헥터의 얼굴에 은연한 미소가 떠오르려 했다.

"됐다!"

하지만 쾌재를 부르는 것도 아주 잠시. 둔켈의 머리를 향해 뛰어드는 하얀 인영이 있었다. 상당히 먼 거리였기에 확실한 구분을 할 수 없었지만 룬아머러의 형태를 지니고 있었다.

인영의 몸 주변으로 빛이 일렁이는가 싶더니 밝은 빛을 내는 장창이 손에 들렸다. 장창을 빠르게 회전시킨 그는 헥터의 전투망치를 가볍게 쳐냈다.

─까아아앙!

밤의 도심을 울리는 금속음. 쳐내어진 전투해머는 옆의 건물에 들어박히며 폭렬 마법진이 발동 되었다.

─콰아아아아앙!

벽돌조각이 터져나가며 건물의 모서리가 흔적도 없이 날아가 버렸다. 하지만 헥터는 그런 것에 관심을 줄 여유가 없었다. 어디선가 갑자기 나타나 자신의 전투해머를 막아낸 룬아머러.

너무나도 눈에 익숙한 자였기 때문이었다.

헥터의 투구 아래로 신음에 가까운 목소리가 흘러나왔다.

"슈, 슈반스?"

헥터의 짐작을 확인하기도 전에 붉은 눈을 빛낸 엑스터급의 하얀 둔켈은 그 자리에서 울부짖으며 높이 뛰어올랐다.

"쿠아아아앙!"

그리고 허공에 잠시 멈추는가 싶더니 등의 피부가 열리며 거대한 날개가 펼쳐졌다.

―쩌어억!

슈반스로 짐작되어진 룬아머러 역시 건물을 차고 뛰어올라 둔켈의 목덜미에 내려 앉았다. 날개를 펄럭인 둔켈은 순식간에 헥터의 머리를 지나 황궁이 있는 곳으로 날아가버렸다.

―펄럭!

"저 자는 슈반스가 확실하다. 슈반스가 대체 왜 이런 곳에 나타난 것이지? 왜 저 둔켈과 함께?"

헥터의 머릿속이 실타래처럼 엉켜있을 때, 전성 마법진으로부터 로렌의 목소리가 들려왔다.

"소대장님! 앞쪽에 둔켈이 다가왔습니다!"

그의 외침에 헥터가 몸을 돌렸다. 어느새 눈앞까지 다가와

있는 마이덴급의 둔켈을 확인한 헥터는 전투망치 대신 신경
질적으로 주먹을 내질렀다. 건틀렛의 마디마디에 새겨진 폭
렬 마법진이 빛을 뿜었다.

—쿠아앙!

그의 주먹에 얻어맞은 둔켈의 복부가 터져나갔다. 그리고
몸을 옆으로 돌리자 클로아의 장창이 푸르스름한 빛을 내며
둔켈의 목을 꿰뚫었다.

발로인 한복판에 둔켈과 함께 나타난 슈반스의 일이 너무
나도 궁금했지만, 눈앞으로 몰려오는 둔켈들을 처리하는 것
이 우선이었다.

여기서 죽어버리면 아무것도 알아 낼 수 없다는 심정. 헥터
는 건물의 잔해 속에서 자신의 전투해머를 찾아 들었고, 서둘
러 마무리 지으려는 듯 용맹하게 둔켈을 소멸시키기 시작했
다.

*　　　*　　　*

—철컥!

피처럼 진붉은색의 룬아머를 걸친 레기어스가 망토를 펄
럭이며 황궁의 동쪽 입구 앞에 섰다. 그의 주변으로 십여 명
의 룬아머러들이 따르는 중이었는데, 발로인의 방어를 담당

하는 정규군인 붉은 랜스의 길드원들이었다.

그들이 일정간격을 두고 동쪽 벽에 펼쳐 설 때쯤, 정면의 건물 사이로 둔켈들이 뛰쳐나왔다.

"카아아앙!"

요란한 둔켈들의 울음소리가 들려왔고, 그 모습을 본 레기어스가 신경질적으로 외쳤다.

"이번엔 정신 차리고 저놈들을 몰살시켜라! 전처럼 어영부영 상대한다면 내가 용서하지 않겠다!"

그의 외침을 들은 룬아머러들이 자신들의 무기를 고쳐 잡으며 둔켈보다 빠른 속도로 뛰쳐나가기 시작했다.

"죽어라! 더러운 놈들!"

─차앙! 까아앙!

병장기가 휘둘러지는 소리가 곳곳에서 들려왔다. 예비병력들이 방어를 잘 해준 덕에 황궁까지 도달하는 둔켈의 수가 그리 많지 않았다. 붉은 랜스의 룬아머러들은 두세 명씩 조를 이루어 마이덴급의 둔켈들을 효과적으로 베어 넘겼다.

그 모습을 보고 있던 레기어스가 신경질적으로 혼잣말을 했다.

"빌어먹을 현자의 탑 구렁이들! 감히 이제 내게 언질조차 하지 않고 둔켈들을 보내다니! 브로이넨 늙은이 뼈를 잘근잘근 씹어줄테다!"

현자의 탑과 손을 잡아왔던 레기어스조차 이번 둔켈의 침공을 예견하지 못한 듯했다. 그가 브로이덴에 대한 응징의 의지를 불태우고 있을 때, 누군가 외쳤다.

"동쪽 하늘, 비행형 둔켈이다!"

레기어스의 고개가 저절로 치켜들어졌다. 누군가의 외침대로 하얀 둔켈이 건물을 멀찌감치 넘어 날개를 펄럭이며 날아오고 있었다. 그 모습을 본 레기어스의 분노는 극에 달했다.

"빌어먹을 영감탱이! 끝까지 잡아떼더니 이제 보란 듯이 엑스터급 둔켈을 보내오다니!"

욕지거리를 내뱉은 레기어스가 손을 내밀어 마도력을 끌어올렸다. 팔의 완갑으로부터 붉은 금속이 펼쳐져 나오더니 길이 3멜리에 달하는 기마용 랜스가 되었다. 랜스의 끝이 하늘을 날고 있는 엑스터급 둔켈을 향했다. 표면을 빼곡하게 덮은 마법진이 붉은빛을 뿜어냈다.

"페니트레이트 캐넌(Panetrate Canon)!"

터질 듯 떨리던 랜스의 끝으로부터 나선형 광선이 뿜어졌다. 어두운 하늘을 한줄기 붉은빛이 가로질렀다. 맹렬하게 날아간 광선이 엑스터급의 둔켈을 꿰뚫으려 할 때, 하얀 룬아머를 걸친 이가 빛나는 창을 꺼내어 그의 공격을 정면으로 되받아 쳤다.

―콰아아앙!

굉음이 터지며 사방으로 섬광이 뿜어졌다. 둔켈들과 룬아머러는 눈이 부심을 느끼며 하늘을 올려다보았다. 엑스터급의 둔켈은 레기어스의 공격을 피한 듯 보였다. 둔켈은 더욱 고도를 높이더니 큰 원을 그리며 황궁 위를 날았다.

그때, 레기어스의 공격을 맞받아친 룬아머러가 땅위로 착지했다.

―쿠웅!

새하얀 룬아머를 걸친 그는 장창을 천천히 돌리며 레기어스에게 다가왔다. 자신의 공격을 정면으로 받아낸 상대를 뚫어져라 바라보던 레기어스가 외쳤다.

"룬아머러가 왜 둔켈의 편에 서 있는 것이냐!"

하지만 눈앞의 룬아머러는 아무런 말을 하지 않고 자신의 장창을 앞으로 겨누어 적의를 표했다. 말이 통하지 않자 그의 정체를 캐기 위해 룬아머를 살폈다.

그의 가슴에 익숙한 문장이 새겨져 있었다.

푸른색의 날개 문장. 그리고 자신에게 겨누어진 장창에까지 시선이 미치자 그의 머리를 스치는 이름이 있었다.

"슈반스? 네가 전선에서 실종되었다던 청동 날개의 슈반스였던 것이냐!"

역시 묵묵부답. 레기어스는 코웃음을 쳤다.

"흥! 대답하지 않아도 좋다! 하지만 전시상황에서 둔켈의 편을 든 것은 누가 보아도 반역죄! 네놈을 쓰러뜨리고 헥터 영감에게 따져야겠다!"

그렇게 이야기한 레기어스가 자신의 랜스에 마도력을 밀어 넣었다. 랜스의 면으로 날카로운 칼날이 길게 돋아났다.

─차앙!

"그 유명하다던 슈반스의 광창을 한번 구경해 볼까!"

레기어스가 랜스를 앞으로 내밀며 달려 나갔다. 이빨을 드러낸 거대한 랜스는 그의 손 위에서 가볍게 움직였다. 바람 가르는 소리를 내며 랜스를 앞으로 내뻗었다.

─쉬익!

슈반스는 한 스텝 옆으로 물러섰다. 움직임을 감지한 레기어스가 랜스를 거칠게 당기자 역날이 슈반스의 룬아머를 뜯어내려 했다. 슈반스는 광창을 양손에 나누어 쥐더니 마도력을 불어넣어 가위모양으로 랜스의 역날을 막았다.

─끼이이이익!

고막을 괴롭히는 마찰음이 퍼졌다. 광창으로 랜스의 움직임을 봉인한 슈반스는 그대로 레기어스를 향해 돌진했다. 그리곤 오른쪽 어깨로 레기어스의 가슴을 노렸다.

"후훗! 육탄전을 원하는가? 나의 룬아머는 2중 강화 마법진이 안착되어 있다. 거대한 랜스를 사용하는 자는 근접 전투에 불리하기 때문이지."

자신의 룬아머에 대한 자신만만한 외침이었다.

―까앙!

가슴을 얻어맞은 레기어스가 몇 발자국이나 물러났다. 그의 브레스트 플레이트는 움푹 패여 있었는데, 조금만 더 들어갔다면 흉골이 부러질 상황이었다.

"이, 이런 말도 안 되는! 둔켈의 정면 공격에도 흠집 하나낼 수 없는 내 룬아머가 한 번의 충돌로 구겨지다니!"

경악성을 터뜨리고 있는 레기어스와는 대조적으로 아무런 감흥이 없어 보이는 슈반스.

그는 장창을 다시 하나로 만들더니 고속으로 회전시키며 레기어스를 향해 달려왔다.

―파밧!

땅을 찬 슈반스는 순식간에 사이를 좁혔다. 눈부신 창이 자신을 향해 휘둘러지는 것을 본 레기어스는 식은땀이 흐르는 것을 느꼈다. 자신의 랜스로는 근접전투에서 슈반스의 장창을 효과적으로 상대하기가 까다로웠기 때문이다.

―카앙!

랜스의 옆면으로 장창을 겨우 막아냈다. 최상급의 미스릴을 연마하여 만든 데다가 강화 마법진까지 안착시킨 그의 랜스가 가느다란 장창에 힘없이 구겨지고 있었다.

"크윽! 마도력의 차이인가?! 믿기지 않는다! 이런 마도력 따위는 들어 본 적이 없단 말이다!"

레기어스는 자신의 랜스를 던져 버렸다. 슈반스의 속도를 따라갈 수 없는 랜스 따위는 이미 무용지물이라는 판단이었다.

대신 허리에 차고 있던 한손 검을 꺼내어 들었다.

"좋아! 나 역시 속도로 상대해 주겠다!"

레기어스는 자신의 모든 마도력을 끌어내어 검을 휘둘렀다. 유력가문에서 태어나 걸음을 걷기 시작했을 때부터 익혀 온 가문의 위대한 검술. 그 누구보다도 강하다고 자신하고 있었다.

"차아앗! 조각조각 쪼개어주마!"

마이스터급에 달해 있는 그의 마도력이 한손 검의 끝으로 뿜어져 나왔다. 그것만으로도 미스릴 정도는 우습게 잘라버릴 위력이었다.

하지만 이변이 눈앞에서 발생하고 있었다.

슈반스의 전신을 난자할 생각으로 휘둘러 대는 자신의 검을 그는 어렵지 않게 막아내는 중이었다. 게다가 마도력을 최대한 쏟은 자신의 검은 슈반스의 장창에 아무런 흠집조차 내지 못했다.

"치잇! 악몽인 건가?!"

현실감이 사라질 정도의 당혹스러움.

레기어스가 틈을 보이자 장창으로 검을 강하게 쳐올린 슈반스는 다시 장창을 반으로 쪼개어 심장을 맹렬하게 찔렀다.

―챠아앙!

자신의 실책을 깨달은 레기어스가 급한 마음에 몸을 틀었다.

"크으으윽!"

슈반스의 창이 레기어스의 가슴을 비켜 옆구리에 깊이 파고들었다. 앞뒤로 뚫린 룬아머 사이로 붉은 피가 번져 나왔다. 레기어스는 창을 빼기위해 본능적으로 몸을 뒤로 날렸다.

"크큭!"

옆구리를 부여잡은 손에서 쉼 없이 피가 흘러나왔다. 그런 그를 확인한 붉은 랜스 길드의 룬아머들이 소리를 지르며 모여들었다.

"길드장님께서 당하셨다!"

"길드장님을 보호해라!"

레기어스가 악에 받쳐 외쳤다.

"나는 괜찮다! 저놈을 공격해라!

레기어스를 향해 달려오던 룬아머들은 방향을 바꾸어 슈반스를 바라보았다. 그 모습을 여유로운 눈빛으로 바라보던 슈반스는 시선을 거두며 공중으로 뛰어올랐다.

―파앗!

건물보다 훨씬 높이 뛰어오른 그를 하늘에서 대기하고 있던 둔켈이 가볍게 받아내었다. 슈반스는 둔켈의 목덜미를 쓰다듬으며 말했다.

"방해꾼을 처리했다. 이제 다시 황궁으로 가자꾸나. 가즈아머를 파괴하러."

엑스터급의 둔켈은 대답 대신 거대한 날개를 펄럭였다. 그리곤 황궁 건물을 향해 허공을 갈랐다.

*   *   *

황궁에서는 긴장감이 흐르고 있었다.

동쪽 문 뒤의 뜰에 모여든 황궁의 룬아머러들은 손에 땀을 쥔 채 비명성과 괴성이 들려오는 발로인의 동쪽을 주시하고 있었다.

그들 틈 속에 끼어 있던 벨드가 걱정스러운 표정을 지었다.

"드디어 전투가 벌어지고 있나 본데……."

그의 옆에 서 있던 데니언이 벨드의 어깨를 두들겨 주었다.

"청동 날개 길드쪽이라서 걱정되어서 그러는 건가?"

"네."

"어차피 어디에서 둔켈이 출현하더라도 청동 날개에서 대기 중인 룬아머러들은 그곳으로 달려갔겠지. 다들 잘 해낼 테니 너무 걱정하지 마."

"네, 헥터님과 동기들을 믿어야죠."

고개를 끄덕이고 있을 때, 나직한 휘파람 소리가 들렸다.

"휘익!"

"무슨 소리지?"

고개를 돌려보니 황궁 건물의 기둥 뒤에 숨어 손을 흔들고 있는 노인이 있었다.

"어이! 거기 어린 놈! 나 기억하느냐?"

며칠 전 거리에서 구걸을 하던 노인이었다. 실랑이 하듯 구걸을 하더니 결국 사라져 버린 그의 얼굴을 당연히 기억하고 있었던 벨드가 주변의 눈치를 보더니 몰래 뛰어와 외쳤다.

"대체 황궁에는 어떻게 들어오신 거예요?!"

"끌끌! 다들 바빠서 그런지 내가 들어오는데도 아무도 모르더군."

"그럴 리가……."

"내가 여기 멀쩡히 서 있는걸 봐도 못 믿겠냐?"

"끄응, 뭐 그렇다고 치죠. 하지만 어서 이곳을 떠나세요! 지금 굉장히 위험한 상황이라고요! 언제 둔켈들이 이곳으로 몰려올지 모르는 상황이니까요!"

그의 외침에도 불구하고 노인은 흰 눈썹을 팔(八)자로 만들며 불쌍한 표정을 지었다.

"이봐, 둔켈 따위에게 죽으나 굶어 죽으나 죽는 건 마찬가지다. 지금은 배가 고파서 피할 기운도 없단 말이야. 그러니 혹시라도 먹을 게 있으면 좀 나눠주지 않겠느냐?"

"지난번에 먹을 걸 잔뜩 사들고 왔더니 사라지셨잖아요. 배가 고프다고 안달하시더니!"

"끌끌! 그 때는 갑자기 급한 일이 생겨서 말이지."

머리를 긁적이는 노인을 보며 벨드는 고개를 절래절래 흔들었다.

"지금 이 상황에서 먹을게 어디 있겠어요? 말할 기운이라도 있으면 어서 여기서 벗어나시라고요!"

"나 원 참. 젊은 녀석이 뭐가 그리 급하다고."

그들이 영양가 없는 실랑이를 벌이고 있을 때, 대기 중이었던 룬아머러 집단으로부터 누군가의 목소리가 외쳐졌다.

"동쪽 상공, 비행형 둔켈 발견! 전 황궁의 룬아머러 들은 전투태세에 돌입한다!"

그의 말이 떨어지기가 무섭게 룬아머러들은 자신의 룬아머를 소환했다.

─챠아앙!

금속음이 들리며 각양각색의 룬아머와 병장기들이 모습을 드러냈다. 그들을 바라보던 벨드 역시 마도력을 가즈아머의

인으로 흘리며 룬아머를 소환했다

—챠앙!

냉기를 내뿜는 무광의 검은 룬아머가 그의 몸을 감쌌다. 샤 브레에 손을 가져다 댄 벨드는 노인을 향해 외쳤다.

"할아버지! 더 이상 말장난할 시간이 없으니 어서 이곳을 피하세요!"

룬아머러들의 전투태세에도 노인의 표정은 전혀 변하지 않았다. 뒷짐을 지며 나직한 한숨을 쉰 노인은 자신의 짐보따리를 힘겹게 어깨에 짊어지며 등을 돌렸다.

"그럼 바쁜 일이 끝나면 다시 오마. 그 때는 꼭 빵 한 조각이라도 가지고 있어야 한다."

"알겠다고요!"

노인이 사라지는 것을 확인조차 하지 않은 벨드가 데니언의 옆으로 돌아왔다. 아카넥이 벨드의 룬아머를 아래위로 훑어보며 휘파람을 불었다.

"휘이! 벨드, 룬아머가 한눈에 보기에도 대단한데? 지금까지 전혀 못 보던 양식인걸?"

"지금은 그것보다 둔켈이 우선이에요."

"하긴 그렇지."

둘의 대화에 전혀 신경 쓰지 않은 채 비행 둔켈을 지켜보던 칼러벤이 낮은 목소리로 중얼 거렸다.

"비행 둔켈이라… 최소한 엑스터 급이란 말인가? 성가시겠군. 속성은 뭐지?"

그의 옆에 서 있던 소웰이 자신의 단검을 던졌다 받았다하며 말을 받았다.

"백색의 둔켈은 정말 흔치 않은데… 보고가 된 적도 없었고 말이야. 결국 놈에게 누군가 당해봐야 속성을 알 수 있다는 건가…"

그렇게 하늘을 올려다보던 소웰은 문득 눈을 가늘게 뜨며 눈에 힘을 주었다.

"으응? 칼러벤, 자네도 보이나? 둔켈의 목에 뭔가가 타고 있어!"

칼러벤 역시 그와 동시에 같은 곳을 보고 있었다.

"나 역시 확인했다. 룬아머러? 분명 룬아머러인 것 같은데?"

둔켈과의 거리가 가까워지자 더욱 명확해졌다.

게다가 둔켈의 목덜미에 타고 있는 룬아머러의 몸 주변으로 하얀 빛이 일렁이고 있었기에 의심할 여지가 없었다.

소웰이 흥분하여 외쳤다.

"대체 룬아머러가 왜 둔켈의 목에 타고 있는 것이지? 그것이 가능한 건가?"

"적인가? 아니면 아군인가?"

"당연히 적이겠지! 그렇지 않고서야 둔켈과 함께 나타날리 없잖아?"

적아에 대한 논쟁을 주고받고 있을 때, 둔켈의 목덜미에 앉은 룬아머러를 본 벨드는 눈동자가 파르르 떨렸다.

"저, 저건 슈반스님?"

그의 짐작을 확인이라도 시켜주듯 엘락의 목소리가 머릿속에 울렸다.

'네 생각대로 슈반스다. 어떻게 된 일인지 모르겠지만, 지독한 둔켈의 냄새를 내뿜고 있어.'

'둔켈의 냄새를? 대체 슈반스님이 왜?!'

'왜냐고 묻는다 해도…'

'넌, 신이잖아?'

'나라고 모든 것을 알 수는 없다. 직접 물어보는 수밖에……'

둔켈을 타고 나타난 미지의 룬아머러로 인해 황궁이 혼란스러워질 때였다. 하늘이 환해지는가 싶더니 둔켈을 타고 있던 룬아머러로부터 세 개의 하얀빛의 줄기가 쏟아졌다.

약 300멜리 이상 떨어진 거리를 눈 깜짝할 사이에 날아온 빛줄기는 전방에 대기 중이던 룬아머러들의 가슴을 정확하게 꿰뚫었다.

"끄아아악!"

전성 마법진이 활성화 되어 있는 룬아머러의 비명이 투구 안으로 울려 퍼졌다.

원거리에서 갑작스러운 공격을 예상하지 못했던 운 없는 룬아머러들. 상당한 강도를 가지고 있는 미스릴 합금의 룬아머가 깨끗이 앞뒤로 관통되어 있었다.

벨드의 표정은 참담하게 구겨졌다. 마도력이 마에스터급을 넘어서야 가능하다는 마도력의 유형화 기술. 그중에서도 슈반스가 즐겨 사용하던 원거리 공격기였다.

"저, 정말 슈반스님이다. 대체 왜 룬아머러들을 공격하는 걸까."

벨드의 머릿속은 온통 슈반스에 대한 생각뿐이었다.

CHAPTER
36

가즈아머러

Master of Fragments

　한발 늦게야 정신을 차린 황궁 근위단의 룬아머러들이 둔
켈과 미지의 룬아머를 향해 원거리 공격을 쏟아내기 시작했
다.

　"전 소대의 룬아머러는 비행 둔켈을 집중 공격한다!"

　두 눈을 멀뚱멀뚱 뜬 채 부하를 잃은 하이져는 이성을 차릴
수 없었다. 두 손으로 마도력을 모은 그는 하늘을 휘저으며
날고 있는 둔켈을 향해 뻗었다. 두 팔을 타고 어깨까지 이어
진 마법진이 푸른빛을 쏟아내며 발동됐다.

　"아쿠아 티스!(Aqua Teeth)!"

수십 개의 물 덩어리들이 엄청난 속도로 쏘아 올라져 둔켈을 향했다.

─파앙! 파앙! 파앙!

그것을 눈치챈 둔켈은 속도를 높여 움직였고, 하이져 역시 둔켈의 비행 궤적을 따라 아쿠아 티스를 계속해서 쏟아내고 있었다.

둔켈을 향해 화염계 공격 마법을 날리던 데니언이 넋을 놓고 있는 벨드의 정신을 일깨웠다.

"벨드! 무슨 생각하는 거냐!"

"아, 데니언 선배!"

"그렇게 넋 놓고 있을 때가 아니다. 놈이 언제 다시 공격이 날아올지 모르니 정신 차리고 있으라고!"

"네, 알겠어요."

룬아머러들이 마도력을 회복할 시간이 필요했기에 공격 마법이 잠시 주춤했다. 그사이 틈을 주지 않기 위해 룬아머러들의 원거리 무기들이 쏟아져 올라갔다. 하지만 둔켈은 날아오는 화살과 석궁, 창들을 피해 황궁의 위를 자유롭게 날았다.

잠시 전황을 살피던 소윌이 앞으로 나섰다.

"너무 멀어서 공격이 맞질 않는군. 직접 올라가야 하는 건가?"

룬아머 스커트에 새겨진 마법진이 푸르게 빛나기 시작하

며 그의 몸 주변으로 맹렬한 바람이 뿜어져 나가기 시작했다. 그리고 몸이 허공으로 떠올랐는데, 바람계열의 마법진을 이용한 비행형 룬아머였다. 그 외에도 세명의 룬아머들이 둔켈을 향해 날아오르기 시작했다. 칼러벤이 불안한 눈빛으로 소웰에게 외쳤다.

"조심해라 소웰! 둔켈도 둔켈이지만, 첫 공격으로 보아 저 룬아머의 실력 또한 대단하니까!"

"응, 그 정도는 알고 있다."

뒤를 돌아보지 않은 소웰은 순식간에 허공을 가르며 둔켈에게 접근했다. 가까이 다가가자 땅 위에서 보던 것 보다 훨씬 거대한 둔켈임을 알 수 있었다.

"역시 엑스터급 둔켈이군."

소웰은 양팔에 빼곡히 붙어 있던 단검들을 양손에 꺼내어 들었다. 검날에 안착된 마법진이 빛을 뿜어내자 마도력을 다해 둔켈을 향해 발출했다.

"이거나 받아라! 블레이드 스톰(Blade Storm)!"

단검들로부터 날카로운 바람이 뿜어져 나오더니 빠른 속도로 회전하며 둔켈을 향해 뻗어나갔다.

―촤아악!

맹렬한 바람 소리를 내며 자신을 향해 날아오는 공격을 감지한 둔켈은 날개를 펄럭이며 급선회를 했다.

―서걱!

"크아아앙!"

소웰이 날린 단검들은 둔켈의 날개 끝을 찢을 수 있었다. 하지만 둔켈의 회복력은 생각 이상으로 월등했는지 한번 휘청하는 순간 상처가 아물어 원점으로 돌아갔다.

"치잇!"

소웰이 다시금 공격을 준비할 때, 둔켈이 날개를 펄럭이며 허공에 멈추었다. 머리의 뿔 주변으로 노란빛이 맺히는 모습을 본 소웰의 안색이 대변했다.

"젠장! 번개 속성이었군! 모두 흩어져!"

그의 외침에 둔켈을 향해 공격을 감행하며 접근하던 룬아머들이 주변으로 흩어지려 했다.

하지만, 머리에 붙은 둔켈의 눈동자들은 룬아머들의 움직임을 동시에 포착하고 있었다.

둔켈의 머리 뿔에서부터 노란빛이 갈라지며 뿜어져 나왔다.

―파지지직!

어두운 밤하늘이 번개가 번쩍였고, 그 줄기는 엄청난 속도로 룬아머들을 덮었다.

"끄아아악!"

번개에 감전이 된 룬아머들이 비명을 지르며 추락하기

시작했다.

소웰 역시 그중에 섞여 있었다.

정신을 잃자 바람의 마법진이 동작을 멈추었던 것이다. 빠른 속도로 땅을 향해 곤두박질쳤다.

ㅡ슈우우욱!

번개에 감전된 것은 둘째치고라도 추락에 의해 피떡이 되어 죽을 판국이었다.

칼러벤은 즉각적으로 달리기 시작했다.

그는 룬아머의 허리춤에 삐져나온 손잡이를 잡아 풀었다. 그러자 약 10멜리에 달하는 긴 채찍이 풀리며 하늘거렸다.

"차앗!"

마도력을 밀어 넣자 살아 움직이는 뱀처럼 뻗어나갔다.

소웰의 몸이 땅에 닿으려는 찰라, 칼러벤의 채찍이 그의 다리를 감았다.

"하앗!"

짧은 기합과 함께 당기자 소웰의 몸이 끌어당겨지며 떨어지는 방향이 수평으로 바뀌어지더니 황궁의 벽을 향해 날아가 요란한 소리를 내며 박혔다.

ㅡ콰앙! 푸서서석!

건물의 한 귀퉁이가 무너질 만한 충격이었지만, 소웰의 룬아머는 다행이 멀쩡해 보였다.

그를 향해 달려가던 칼러벤이 외쳤다.

"괜찮나, 소웰?!"

잠시 후, 꿈틀거리기 시작하던 소웰이 금세 몸을 일으켰다. 그리고 소대원들의 투구 사이로 그의 목소리가 들려왔다.

"끄응, 소대장, 날 너무 거칠게 다루지 말라고. 이래봬도 섬세한 남자니까."

"후훗! 경량화 마법진이 작동을 안 하니 있는 힘껏 던지는 수밖에. 말하는 꼬락서니를 보니 괜찮나 보군."

"후우, 번개를 맞는 순간 찌릿한 느낌이 아직도 남아 있는 것 같아. 비오는 날 비행훈련 하다가 번개 맞은 경험이 없었다면 통돼지 바베큐가 될 뻔했다고. 전격(電擊)을 어느 정도 완충해 주는 마법진 덕분이지."

그는 어깨 한쪽의 작은 마법진을 자랑스럽게 보여주었다.

"그렇게 히히덕거리고 있을 상황은 아닌 것 같군."

칼러벤의 말에 주변을 둘러보니 추락한 룬아머들의 잔해가 보였다. 소웰은 더 이상 말을 하지 못하고 양팔로부터 새로운 단검을 양손에 뽑아들었다.

둔켈이 황궁을 한 바퀴 돌 때마다 근위단의 룬아머가 한두 명씩 차가운 바닥에 쓰러졌다.

하이져가 다양한 공격 명령을 내렸지만 둔켈과 슈반스의 협공에 큰 효과를 거두지 못하고 있었다.

화염구를 던지고 있는 데니언의 옆에 서 있던 벨드가 마도력을 끌어올렸다. 황궁의 룬아머들의 피해가 점차 커져가면서 가만히 있을 수가 없었던 것이었다.

그의 몸 주변으로 맹렬한 냉기가 뿜어졌다.

발화 마법진으로 뜨겁게 달아오른 데니언조차 몸이 식어감을 느낄 정도였다.

"대단한 냉기군."

마도력을 모은 벨드가 조금 떨어져 있는 하이져를 향해 외쳤다.

"단장님! 둔켈이 허공에 멈추면 수계(水系) 마법 공격을 펼쳐주세요! 뒤는 제가 맡아보겠습니다!"

곁눈질로 벨드를 바라본 하이져는 고개를 끄덕였다.

"뭔가 타개책을 가지고 있나 보군. 알겠다!"

기회는 금세 찾아왔다. 허공에 멈추어 번개를 쏘아내기 시작하는 둔켈을 본 하이져가 마도력을 끌어올리며 외쳤다.

"래피드 아쿠아 애로우(Rapid Aqua Arrow)!"

그의 양손으로부터 화살 모양을 한 물줄기들이 둔켈을 행해 줄지어 날아갔다. 타이밍을 재던 벨드는 두 손을 모았다. 검은 룬아머 주변으로 하얀 서리가 내려앉는가 싶더니 그의 몸으로부터 얼음 줄기가 뻗어나가 하이져의 수계 마법과 섞이기 시작했다.

"프로즌 칼럼(Frozen Column)!"

달빛을 맞아 새하얗게 빛나는 날카로운 얼음의 기둥이 둔켈을 향해 뻗어나갔다. 냉기만으로 충분한 얼음을 만들 수 없었기에 하이져의 도움을 받은 것이었다.

―촤아아아악!

그것을 발견한 둔켈이 급히 몸을 틀며 피하려 했지만, 얼음기둥은 가지를 만들어가며 둔켈의 움직임을 쫓았고, 결국 옆구리를 뚫고 들어갔다.

―파아악!

둔켈이 분노에 떨며 괴성을 내질렀다.

"크아아앙!"

그사이 벨드는 자신이 만들어 놓은 얼음기둥을 밟으며 달리기 시작했다. 섬세한 문양이 새겨진 그의 샤브레가 오른손에 들려 있었다.

"목을 내놓아라!"

샤브레에서 냉기가 뿜어지며 날카로움을 더했다.

둔켈의 붉은 눈동자가 달려오는 검은 룬아머의 벨드에게 모아졌다.

옆구리에 박힌 얼음으로부터 몸을 빼려 했지만 마음대로 되지 않았다. 어느새 눈앞까지 다가온 벨드가 둔켈의 목을 베어내려 할 때, 새하얀 창이 그의 샤브레를 막아내었다.

―차앙!

순간적으로 엄청난 힘 샤브레를 통해 밀려들었다.

"헛! 굉장한 힘!"

벨드는 날렵한 몸놀림으로 공중제비를 넘으며 뒤로 물러났다. 그사이 슈반스의 창은 얼음기둥의 끝을 깨어내 둔켈에게 자유를 주었다.

―우두두둑!

얼음이 녹아내리자 둔켈의 상처는 순식간에 회복했다. 몸을 한번 흔들어 보며 상태를 확인한 둔켈은 그대로 날아가 지상의 룬아머러들을 공격하기 시작했다.

"크아아앙!"

그 모습을 본 벨드가 외쳤다.

"슈반스님! 대체 지금 뭘 하고 계시는 겁니까?!"

둔켈의 어깨를 밟고 서서 얼음기둥 위의 벨드를 내려다보고 있는 슈반스.

하지만 대답을 대신하여 자신의 창을 반으로 나누어 잡으며 몸을 날렸다.

―차악!

얼음 기둥으로 착지하여 몸을 일으킨 슈반스는 마도력을 끌어올렸다. 창의 주변으로 마도력이 새어 나오며 기존보다 두 배나 길어졌다. 벨드는 신음성을 삼켰다.

"으음, 전보다 슈반스님의 마도력이 훨씬 증가했다."

하지만 감탄을 하고 있을 시간이 없었다. 슈반스가 아무런 거리낌 없이 반으로 나뉘어져 쌍검의 형태를 한 창을 휘둘러 오기 시작한 것이다.

─슈슉! 쉬익!

슈반스의 움직임이 너무나도 빨랐기에 순간 사라지는 것으로 느껴질 정도였다.

"차아앗!"

본능에 가깝게 샤브레를 들어 올려 슈반스의 오른손 공격을 막아내었다. 하지만 자연스럽게 왼손의 창이 그의 복부를 찔러왔다.

"크윽!"

허리를 비틀며 회수한 샤브레를 회전시켰다. 횡으로 들어 왼손의 공격을 막은 벨드는 빠르게 대각선으로 몸을 회전시키며 후속 공격을 샤브레로 쳐내었다.

─치이이익!

눈 깜짝할 사이의 접전을 마친 벨드가 재차 거리를 벌리며 물러났다. 어느새 벨드의 샤브레에도 마도력이 형태를 이루며 길게 뻗어나오고 있었다.

"정신을 차리세요! 슈반스님!"

벨드의 움직임에 거리낌이 느껴졌다. 하지만 슈반스는 자신의 창을 다시 합치더니 빠른 속도로 회전시키기 시작했다.

─부우웅!

몸 주변으로 창을 돌리던 슈반스는 가벼운 몸놀림으로 벨드를 향해 달렸다. 살기가 듬뿍 담긴 베기로 벨드의 목을 노렸다.

"이익!"

워낙 빠른 회전이 담긴 창이었기에 쳐내기에는 역부족이었다.

머리를 숙여 피하자 슈반스의 몸을 한 바퀴 둘러온 창은 다시금 벨드를 상하로 쪼개어 왔다.

벨드는 좁은 얼음기둥 옆으로 몸을 피해 떨어질 상황이었지만, 얼음기둥은 벨드의 수족과 같았기에 가지를 만들어내든든하게 그를 받쳐 주었다.

머릿속에서 엘락이 외쳤다.

'애송이! 대체 뭘 하고 있는 거냐! 저놈이 슈반스라고 하더라도 지금 상황을 보니 둔켈의 편에 붙은 적이다! 제대로 공격하지 않을 거냐!'

"하지만, 슈반스님이라고! 내 손으로 다치게 할 수는 없어!"

'물러 터졌군! 그러다가 몸이 두쪽이 나고 나서 후회한다.'

"버틸 수 있을 때까지는 버틸 거다!"

그들이 실랑이를 하는 사이에도 슈반스는 벨드에게 공격을 가해왔다.

봐주고 말고의 문제가 아니었다. 슈반스의 전력을 본 적이 없었지만, 지금까지 만나왔던 룬아머러들의 공격 수준이 아니었다.

차원이 다른 마도력과 전투능력. 또 다른 가즈아머러가 아니라면 그 어떤 룬아머러들과의 전투도 자신 있었던 벨드로써는 그저 놀라울 뿐이었다.

슈반스의 공격을 피하며 얼음기둥을 이리저리 뛰어다니고 있을 때, 귓속으로 파고드는 목소리 하나가 벨드의 주의를 끌었다.

"쯔쯧! 쓸데없이 고생을 하고 있군. 이런 전투는 최대한 빨리 끝내야 피해를 줄일 수 있다. 가즈아머러라는 네놈이 여기서 시간을 끌고 있으니 저 아래 애꿎은 룬아머러들이 죽어나가는게 아니냐!"

겨우 슈반스의 공격으로부터 겨우 틈을 내어 거리를 유지했다. 곁눈질로 옆을 보니 아까의 거지노인이 얼음기둥 위에 올라서 있었다.

"하, 할아버지! 여기는 어떻게?"

"멍청아! 거기서 잡담하다가는 저 슈반스라는 놈한테 팔다리 하나씩은 잃을 수 있다. 내 뒤로 오거라."

이유는 알 수 없었지만, 벨드는 자기도 모르는 사이 그가 시키는 대로 하고 있었다. 벨드가 자신의 등 뒤로 넘어오자 거지노인은 상대를 잃은 슈반스를 정면으로 바라보았다.

"룬아머러 주제에 왜 둔켈의 편에 서 있는지는 모르겠지만, 이제 잠들어 줘야겠다. 이미 많은 사람들이 네 손에 희생되었어. 쯔쯧!"

말이 끝나기가 무섭게 거지노인의 몸 주변으로 엄청난 위압감이 휘몰아쳤다. 그리곤 앙상하던 그의 몸이 부풀더니 건장한 체구로 변하는 것이었다.

—파아앙!

슈반스는 그 기운에 밀려 두 걸음이나 뒤로 물러섰고, 등 뒤의 벨드조차 겨우 그 자리에 균형을 잡고 서 있을 정도였다.

거지노인이 기운을 개방하자 엘락이 뛰쳐나와 머릿속에서 소리쳤다.

'물러나라 벨드. 이제 진짜 전투가 벌어질 거다.'

"무슨 소리야? 넌 저 할아버지에 대해 알고 있어?"

'예전부터 뭔가 찝찝한 노인이라고 생각은 했지만 염두에 두고 있지는 않았다. 의도적으로 교감을 막고 있었던 모양이군. 에리얼과 페어링한 자다.'

"무슨 소리야? 에리얼과 페어링을 하다니."

'검술의 신인 에리얼의 파트너. 즉, 저 노인 역시 가즈아머러다.'

"에엣?! 가즈아머러라고?'

'그래, 무슨 의도로 갑자기 모습을 드러냈는지는 모르지만 틀림없는 가즈아머러다. 게다가 미완성인 너와는 엄청난 차이가 있는… 그러니 멀리 떨어져서 저들의 전투를 잘 보기나 해!'

"대체 어떻게 돌아가는 거지? 슈반스님은 적이 되어 돌아오고, 뜬금없이 나타난 노인은 가즈아머러라니!"

'떠들 시간 없으니 어서 피해!'

엘락의 경고대로 벨드는 얼음기둥 하부로 내려왔다. 그런 벨드의 움직임을 감지한 노인이 피식 웃으며 말했다.

"꼬맹아! 이 얼음 기둥이나 단단하게 유지하고 있거라. 자, 그럼 간다."

노인의 오른팔에 노란색의 빛이 모여들었다. 그리고 쭈글쭈글한 손등에 칼모양의 인장이 드러나더니 황색의 가즈아머가 그의 몸을 휘감았다. 빛이 걷히자 그는 자신의 목까지 올라오는 양날대검(大劍)에 손을 얹고 있었다.

—처억!

노인은 그 거대한 대검을 아주 가볍게 들어 올려 어깨에 걸치며 슈반스를 노려보았다.

"자, 한번 붙어 볼까?"

노인의 사바톤이 얼음기둥을 깨뜨리며 앞으로 달려 나가기 시작했다. 그의 대검 주변으로 노란색의 빛이 발하기 시작하더니 슈반스의 전면으로 뻗어나갔다.

―파아아앗!

수십 개의 노란 그림자를 만들어내며 슈반스를 몰아 붙였다. 슈반스의 창이 정신없이 움직였다.

―치이이익!

마도력이 만들어내는 검날들이 부딪히자 눈부신 빛이 터져 나왔다. 열기에 의해 그들이 딛고선 얼음기둥이 녹기 시작했고, 벨드는 다시금 냉기를 불어 넣어 얼렸다.

노인의 거대한 검이 파도의 포말처럼 슈반스를 덮어갔다. 작은 빈틈으로 거대한 검이 파고들었고, 약한 부위로 충격을 가해 길을 열었다. 인간의 영역을 벗어난 속도와 정확도에 벨드는 넋을 잃을 정도였다.

시간이 갈수록 슈반스가 뒤로 밀렸다. 빠르기로 둘째가라면 서러웠던 그의 창은 노인의 대검의 속도를 점차 따라갈 수 없었다. 대검이 슈반스의 룬아머에 닿자 종잇장처럼 베어졌다.

―촤앗!

슈반스가 얼음기둥을 차며 뒤로 빠르게 몸을 피했다.

"크윽!"

슈반스의 룬아머 사이로 붉은 피가 흘러나왔다. 아주 미세한 차이로 깊은 상처는 피할 수 있었지만 첫 공격을 주고받음으로 둘의 실력 차이가 여실하게 드러나 있었다. 노인은 대검을 다시 어깨에 짊어지며 말했다.

"끄웅차! 어디 계속 해볼 생각이냐?"

슈반스는 물러날 생각이 없는 듯했다. 창을 앞으로 겨누며 몸을 낮춘 슈반스의 창끝으로 마도력을 집중시켰다.

"말 좀 하거라 이놈! 어른이 말씀하시는데… 꼬락서니를 보니 계속 해보자는 건가?"

노인의 목소리가 여유로워 보였지만 슈반스의 마도력이 점차 강대해지는 것을 느낀 그는 자세를 바꿨다. 노인은 혼잣말을 하듯 누군가를 불렀다.

"저놈, 어떻게 된 건지 평범한 인간치고는 엄청난 마도력을 가지고 있군. 에리얼, 방어를 너에게 맡기겠다."

그의 머릿속에서 굵직한 목소리가 들려왔다.

'알겠다. 바케인.'

노인을 지칭하는 이름 바케인. 그가 힘을 풀자 가즈아머의 인이 밝은 빛을 발하기 시작하더니 낮은 울음소리가 들려왔다.

—우웅!

바케인은 슈반스와 같은 높이로 자세를 낮추어 대치했다.

어느새 슈반스의 창끝에 어른의 주먹만 한 원형의 빛 덩어리가 맺혔다. 바로 슈반스가 가진 마도력의 정수였다.

황궁은 환하게 밝혀졌고, 둔켈과 접전을 벌이던 룬아머러들은 자신도 모르는 사이 슈반스에게 시선을 빼앗기고 있었다.

지금껏 닫혀 있던 슈반스의 입에서 나직한 기합 소리가 터졌다.

"하압!"

그와 동시에 창끝의 빛 덩어리로부터 수십 줄기의 빛줄기가 방출되어 바케인을 향해 뻗어나갔다.

—파앗!

바케인은 자신을 향해 쏟아져오는 빛줄기에 혀를 내둘렀다.

"헛! 정말 대단한 녀석이군! 빠져나갈 구멍이 전혀 없어 보여."

그의 목소리는 위기에 몰린 이의 그것이 아니었는데, 자신의 의지와는 상관없이 몸이 움직이기 시작했다.

—우웅!

대검에 노란빛이 감돌기 시작하더니 넓은 검면을 이용하

여 빛줄기를 받아내었다. 그리고 좌우로 엄청난 속도로 떨리며 슈반스의 공격을 하나하나 쳐내기 시작했는데, 그 정확도와 빠르기가 인간의 능력을 벗어나 보였다.

벨드 역시 부신 눈을 애써 부릅뜨며 그 모습을 바라보고 있었다.

"대, 대단하다. 저런 공격과 방어라니……."

바케인의 몸이 빛줄기 속의 유령처럼 움직였다. 마도력으로 보호된 그의 대검이 빛줄기를 쳐내며 절묘하게 공간을 만들어낸 것이었다. 순식간에 슈반스의 앞까지 접근한 그는 대검의 넓은 면을 휘둘러 슈반스의 몸을 쳐내었다.

—콰앙!

슈반스의 룬아머가 찌그러지며 허공으로 풀풀 날아갔다. 얼음기둥으로부터 떨어지는 것을 본 벨드가 눈을 부릅뜨며 외쳤다.

"슈반스님!"

바케인이 눈썹을 찡그리며 말했다.

"어린놈, 대체 누구 편을 들고 있는 거냐?"

"하, 하지만!"

"걱정하지 마라. 죽지는 않았을 테니까."

그의 말을 이해하지 못하고 있을 때, 얼음기둥 아래로부터 날개짓 소리가 들려왔다.

―펄럭! 펄럭!

슈반스를 등으로 받아낸 하얀 둔켈이 허공 높이 솟아올랐다. 놈은 더 이상 룬아머러들과의 전투 따위는 상관없다는 듯 동쪽의 밤하늘로 사라지고 있었다.

"흐음, 하지만 다시 만날 때는 정말 무서울 것 같군."

바케인의 가즈아머가 인으로 빨려 들어갔다. 본래의 볼품없는 노인의 몸으로 돌아온 바케인이 허리를 두들겼다.

"오랜만에 뛰어다녔더니 온 몸이 쑤시는구나."

"대체 할아버지는 누구시죠?"

"끌끌, 가즈아머러 바케인 콘스탄트다."

"바테인 콘스탄트……."

"궁금한 것이 많겠지?"

벨드의 속내를 들여보듯 물었다. 하지만 대답할 생각이 없다는 듯 금세 몸을 휙 돌렸다.

"하지만 조금만 더 기다리거라. 지금은 때가 아니다."

"저, 저기!"

"조만간 '신의 창날' 동료들을 만나게 될 테니 죽지 말고 기다리거라. 그 실력으로 설치다간 비명횡사하기 십상이니까. 뭐, 하급 둔켈 따위에게 밀리지는 않겠지만 말이야."

"신의 창날……."

수많은 수수께끼를 받아 혼란스러워하는 벨드를 향해 바

케인이 손을 흔들어주었다.

"그럼 뒷처리를 잘 부탁하마. 나에 대해서는 타인에게 발설하지 말거라. 대충 얼버무려 주게."

그렇게 이야기 한 바케인은 너저분한 로브로 몸을 감추며 밤하늘로 뛰어올랐다. 어둠 속에 파묻히는 순간 그의 모습은 시야에서 사라졌다.

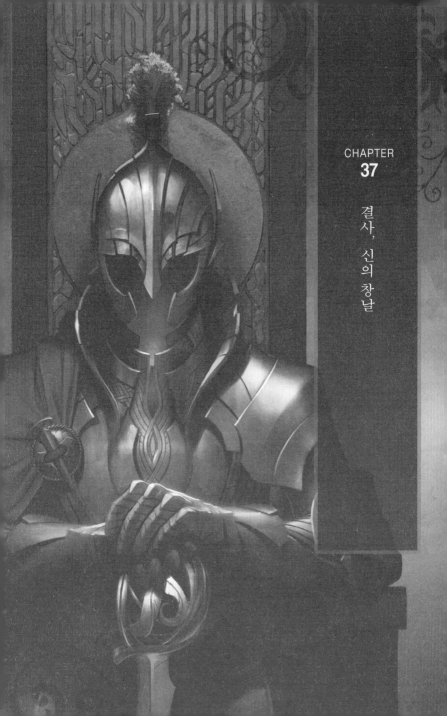

CHAPTER
37

결사, 신의 창날

Master of Fragments

현자의 탑 가장 높은 곳, 영혼을 날려버릴 만큼이나 매섭고 강한 바람이 불어왔다.

브로이덴이 수염을 흩날리며 어두운 밤하늘을 바라보고 있었다.

그의 눈은 어딘가를 정확히 응시하는 중이었다.

핏기 없는 입술이 열렸다.

"흐음, 실패한 모양이군. 그래도 살아 돌아온 것을 보니 제법 쓸 만한 실력을 드러냈나 보군."

혼잣말을 중얼거리는 사이, 얼마 지나지 않아 어두운 하늘로부터 하얀색의 둔켈이 모습을 드러냈다. 날개를 펄럭이며 날아온 둔켈은 등에 슈반스를 업고 있었는데, 룬아머의 브레스트 플레이트는 너덜너덜하게 찌그러진 모습이었다.

바닥에 내려놓은 둔켈은 브로이덴의 명령을 기다리기라도 하듯 날개를 접고 서 있었다.

"수고했구나. 하지만 아직은 둔켈이 내 명령을 듣는 모습을 남들에게 보여주긴 곤란하다."

그렇게 이야기한 브로이덴은 쭈글거리는 손을 둔켈을 향해 뻗었다. 그러자 그의 손바닥에서 빛이 나기 시작하더니 둔켈의 가슴이 요동치기 시작했다. 통증을 느끼지 못함에도 자신의 내핵이 위험해지자 본능적으로 울부짖었다.

"쿠아아앙!"

브로이덴은 눈살을 찌푸리며 중얼거렸다.

"Bren del Quintos, Bor Laquenda."

주변으로 투명한 막이 형성되면서 둔켈의 울음소리가 차단되었다.

그렇게 버둥거리던 둔켈.

붉은 눈이 이내 생기를 잃더니 거대한 몸이 허공에 흩어졌다. 엑스터급의 둔켈이 허무하게 생명령을 잃은 것이다.

"가자꾸나, 슈반스."

둔켈이 있던 자리에서 시선을 거둔 브로이덴이 몸을 돌려

걸었다. 슈반스의 몸은 어떤 힘에 이끌리기라도 하듯 허공으로 떠올라 브로이덴의 뒤를 따라 움직였다.

브로이덴은 슈반스를 자신의 방으로 옮겼다. 슈반스를 탁자에 올린 브로이덴은 룬아머 해제 마법진에 손을 올려 마도력을 밀어 넣었다.

―파앗!

슈반스의 몸에서 룬아머가 해제되자 갈비뼈가 내려앉은 모양새가 그대로 드러났다. 인상을 찡그린 브로이덴이 혀를 찼다.

"쯔쯧! 아무튼 룬아머러라는 자들은 너무나 야만적이야……. 늑골이 부러져 폐를 찔렀군. 숨도 쉬지 못하는 상태로고… 이래서야 애써 만든 수하 하나가 죽어버릴지도 모르겠는걸?"

눈을 얇게 뜬 브로이덴이 상처를 유심히 살폈다. 아주 느린 속도이긴 했지만, 눈에 보이는 속도로 회복을 하는 중이었다.

"아직 둔켈의 내핵과 완전히 동화되지 못했군. 그러니 회복 속도가 이 모양이지."

손을 가슴에 댄 브로이덴은 알아듣지 못할 말을 중얼거렸다.

그것은 룬언어도 아니었고, 대륙의 공통어도 아니었다. 어찌 보자면 야수족의 주술과 비슷한 느낌이었다.

"Refden ko ella dm du keum tanz."

손을 떼어내자 슈반스가 두 눈을 번쩍 떴다. 그의 눈동자에서는 붉은빛이 뿜어져 나오기 시작했는데, 놀랍게도 가슴의 상처가 빠른 속도로 회복되더니 이내 고른 숨을 쉬고 있었다.

"끌끌! 된 건가?"

브로이덴은 그제야 만족스러운 얼굴을 했다. 긴 수염을 쓸어내리며 생각에 잠시 잠겨 있던 그는 손뼉을 마주치며 말했다.

"흐음, 이대로는 안 되겠군. 더 강해지지 않으면 수하로써의 의미가 없겠어. 널 위해 새로운 룬아머를 하나 마련해 주도록 하마. 더욱 강력하고 위험한 것으로 말이야. 끌끌끌!"

그는 뭐가 그리 신나는지 흘러나오는 웃음을 주체하지 못하며 큰 종이를 꺼내어 뭔가를 열심히 적어내려가기 시작했다.

*   *   *

직선적인 가구와 단순한 기물들. 화려함 없이 꾸며진 방 안, 대여섯 명의 사람들이 침대를 둘러싸고 웅성거리며 서 있었다. 침대에 누워 있던 레기어스는 무거운 눈꺼풀을 떴다. 천장이 뿌옇게 보였고, 먹먹했던 귀로 사람들의 목소리가 들려왔다.

"오, 플러드 경께서 정신을 차리셨군."

"괜찮으십니까? 플러드 경."

아직 정신이 다 들지 않은 상태에서 사람들이 떠들어대자 머릿속이 동굴처럼 울렸다.

"조, 조용히들 하시오."

그의 말에 사람들의 입이 다물어졌다. 눈동자에 초점이 맞춰지자 힘겹게 몸을 일으켰다.

누군가 그를 도와주기 위해 다가왔지만 레기어스는 손을 내저었다.

타인의 손을 빌린다는 것 자체가 그의 자존심이 허락하지 않은 것이다.

"됐다. 내가 일어나겠다."

몸에 힘을 넣으려는 순간 슈반스에게 당한 옆구리로부터 타들어가는 듯한 통증이 전해졌다. 이마에 식은땀이 흐를 정도였지만, 극한의 인내심으로 전혀 내색하지 않았다.

"으음……."

주변을 둘러보자 자신의 부관과 의사, 그리고 익숙한 인물들이 보였다.

"내가 얼마나 정신을 잃었지?"

부관이 다가와 대답했다.

"하루 꼬박 의식이 없으셨습니다. 큰 상처였지만 다행히 장기는 손상이 없었습니다. 다만 출혈이 심해 지금 당장 움직이시기는 힘드실 겁니다."

"하루라… 쉴 만큼 쉬었군."

그렇게 이야기한 레기어스는 이불을 걷어내고 침대 밖으로 발을 내밀었다.

아주 작은 움직임에도 통증이 치밀어 올랐지만, 어금니를 꽉 깨문 레기어스는 끝내 혼자의 힘으로 일어섰다.

"내 정복을 가져다주게."

부관의 얼굴이 사색이 되었다.

"벌써 움직이시려고 하십니까?"

"지금 누워 있을 시간이 없다. 언제 둔켈과 '그놈'이 다시 나타날지 모르니까."

레기어스는 정복을 차려입으며 부관에게 명령했다.

"최대한 빨리 수도방위군 사령관, 그리고 황실 근위단장과 면담을 잡아주게. 청동 날개 길드에 대한 제재를 가해야 하네. 놈이 청동 날개 길드의 슈반스임이 확실한 이상 관계를 캐봐야 한다."

"네, 알겠습니다!"

부관이 나가자 주변을 둘러본 레기어스가 신경질적으로 외쳤다.

"다들 여기서 노닥거릴 만큼 한가한 사람들인가? 모두 나가서 자신의 맡은 바 일을 하게!"

그의 말에 모여 있던 사람들은 모두 뿔뿔이 흩어져 나갔다. 거울을 보며 룬아머러 정복의 단추를 잠그던 레기어스가 이를 갈았다.

"크윽… 브로이덴 늙은이. 조만간 이 빚은 몇 곱절 쳐서 갚아주겠다."

레기어스는 상처 입은 옆구리에 손을 가져다 대었다. 정복 위로 피가 묻어나왔다. 하지만 정복이 어두운 색이었기에 눈에 띄지 않자 몸을 돌려 자신의 방을 나섰다.

*　　　*　　　*

제2차 발로인 침공.

룬아머러 12명 전사라는 전력 피해와 126명의 민간인 사상자를 낸 치열한 전투. 그럼에도 둔켈의 우두머리와 반 룬아머러를 사살하지 못한 치욕적인 전과였다.

벨드는 황실 근위대장실에 불려와 있었다. 하이져는 심각한 표정으로 창밖을 바라보았다. 무너진 황궁의 담과 건물, 정원을 손보느라 사람들이 분주하게 움직이고 있었다.

"어제 그 대검을 사용하는 룬아머러는 전혀 모른다는 말인가?"

"네, 말씀드렸다시피 처음 보는 룬아머러였습니다."

"흐음, 누군지는 모르지만 우리에게 협력한다면 상당한 전력이 되어줄 듯한데……."

몸을 돌린 하이져가 자신의 의자에 앉으며 손을 모았다.

"그쪽이야 어떻든 간에… 어제 둔켈을 타고 나타난 룬아머러, 자네가 보기에는 어땠나? 청동 날개 길드의 슈반스가 아니었나?"

"잘 모르겠습니다."

"흐음, 황궁 근위 룬아머러들을 쓰러뜨린 기술은 틀림없이 슈반스의 그것이었네."

"비슷한 점은 있었습니다."

"곧, 청동 날개 길드는 황궁에 호출되어 슈반스에 대한 추궁을 받을 것이야. 전날의 전투에서 중상을 입은 레기이스 플러드 경이 정신을 차리자마자 이 일에 대해 진위를 밝혀야 한다고 주장하고 있으니……."

"그렇군요."

"이번 일로 청동 날개 길드와 헥터 단장님께 피해가 가지 않아야 할 텐데 말이야."

버릇처럼 콧수염을 쓰다듬던 하이져가 딱딱한 표정을 풀며 말했다.

"첫 출전의 감상은 어땠나? 자네의 결빙 공격은 대단해 보이더군. 처음이었을 텐데 긴장하지 않고 확실한 공격을 펼친 거에 대해 칭찬해주겠네."

"감사합니다. 교수님, 아니 단장님."

"그럼 물러가 보게. 혹시라도 이번 슈반스의 일로 호출되더라도 놀라지 말게나."

"네, 단장님."

벨드는 문을 닫고 나왔다. 지금 당장에라도 청동 날개 길드로 달려가 헥터에게 슈반스에 대한 이야기를 전하고 싶었지만, 황궁의 룬아머러들의 피해가 컸던 만큼 비상대기 상태였기에 청동 날개로 돌아갈 수 없는 현실이 답답하기만 했다.

그날 새벽.

헥터는 황실의 인장이 찍힌 한 장의 서찰을 읽어 내려갔다. 눈의 상처가 꿈틀거리며 짙은 주름을 만들어 내는 중이었다.

"역시, 내가 잘못 본 것이 아니란 말인가? 제발 아니길 바랬는데……."

헥터는 신경질 적으로 서찰을 구겨 벽난로 속으로 던졌다.

"벌써 황궁으로부터 소식이 전해졌나 보군요."

갑자기 들려오는 반가운 목소리에 헥터가 몸을 돌렸다. 검은 전투복을 입은 벨드가 막 창문을 열고 들어오던 참이었다.

"이제 내 이목을 완벽하게 속일 수 있을 정도로군. 이 밤에 어떻게 온 것이냐?"

"낮 근무여서 숙소대기 중이에요. 슈반스님 일 때문에 가만히 기다리고 있을 수가 있었어야죠."

성급하게 찾아온 벨드를 뭐라 꾸중하려 했지만 그만두었다. 벨드 또한 자신만큼이나 속이 탔을 것이라는 생각이 들었기 때문이었다. 헥터가 파이프에 불을 붙이며 물었다.

"흐음, 그 둔켈을 타고 온 룬아머러가 슈반스가 확실했던 것이냐?"

부정의 대답을 기대하기라도 하듯 나직한 목소리. 벨드의 목소리 역시 떨리고 있었다.

"인정하고 싶지는 않지만… 룬아머, 기술, 마도력의 성향. 모두 슈반스님의 그것이었습니다."

헥터가 담배 연기를 내뱉으며 눈을 질끈 감았다.

"대체 어떻게 된 것인가? 행방불명되었던 슈반스가 둔켈과 한편이 되어 나타나다니… 이것도 현자의 탑 마법사들의 장난질이란 말인가?"

"지금으로서는 그렇게밖에 생각할 수 없어요! 그것을 빨리 증명해야, 슈반스님에 대한 오해가……."

헥터가 벨드의 말을 끊었다.

"우리에게 그것을 증명할 기회가 주어질지도 미지수이다. 이번 슈반스의 반역 행위는 청동 날개 길드로써는 최악의 상황이지."

"어째서요? 청동 날개 길드는 수백 년간 헤일런 연방왕국
과 황실을 떠받들어 온 룬아머러 길드인걸요? 그럼에도 신용
할 수 없다는 건가요?"

"슈반스는 헤일런 연방제국의 대표 룬아머러. 그런 자가
전장에서 상관의 명령을 불복하고 뛰쳐나가 둔켈의 편이 되
어서 돌아왔다. 이 일은 황실의 얼굴에 먹칠을 한 것임은 물
론, 슈반스가 속한 청동 날개 길드의 치욕이기도 하지. 특히,
붉은 랜스의 레기어스에게는 나와 청동 날개의 움직임을 배
척할 수 있는 절호의 기회란다."

"그럼 어떻게 하죠?"

"얼굴을 확인한 자가 없는 이상 어디에도 그 룬아머러가
슈반스라는 확증은 없는 것이다. 그러니 청동 날개 길드에 직
접적인 처벌이 내려지지는 않을게야. 하지만 전시상황인만
큼 움직임에 제재가 가해질 것이라고 짐작이 된다."

"으음……."

안타까움에 침음성을 흘리는 벨드를 보며 헥터는 목소리
에 힘을 실었다.

"우리는 오히려 이번 일을 기회 삼아야 한다. 내게 다 생각
이 있으니 어떠한 일이 일어나더라도 너는 평정심을 유지하
고 일의 흐름에 몸을 맡기거라."

"그렇게 말씀하신다면……."

"너는 지금 정식으로 청동 날개 길드의 소속이 아니다. 그러니 황실의 제재를 피할 수 있을게다. 그 상황에서 우리의 눈과 귀가 되어야 하니 어떻게 해서든 청동 날개와의 관계를 부정해야 한다."

"잘 알겠습니다."

각오를 다지고 있는 벨드를 보며 헥터가 담담한 미소를 지었다.

"고맙구나."

"네? 무슨 말씀이신지……."

"인연을 맺은 지 불과 반년밖에 되지 않은 청동 날개를, 그리고 슈반스를 진심으로 걱정해 주니 말이다."

"두 분께서는 어떻게 생각하실지 모르겠지만, 제게는 틀림없는 은인이세요. 처음으로 생긴 가족을 위하는 것은 당연하죠."

"후훗! 정말 내 조카 같군."

두 남자들 사이에 서먹한 분위기가 돌자 멋쩍어진 벨드가 분위기를 돌렸다.

"그럼 뒷일은 길드장님만 믿겠습니다. 저는 이번 둔켈이 나타난 곳을 살펴봐야겠어요. 뭔가 또 다른 실마리를 얻을 수 있을지 모르니까요."

"그래. 그럼 조심하거라."

"네!"

당당하게 대답한 벨드는 빠른 속도로 창을 넘어 사라졌다. 홀로남은 헥터는 벨드를 통해 조금 힘을 얻은 듯했다. 슈반스에 대한 걱정은 잠시 미루어 놓고, 앞으로 일어날 일에 대한 대비책을 세우기 시작했다.

*　　*　　*

청동 날개 길드에서 나온 벨드는 어두운 발로인의 건물 옥상 위를 달리고 있었다. 둔켈의 침공이 있은 직후였기에 가로등은 켜져 있지 않았다. 덕분에 벨드의 움직임은 더욱 손쉬웠다.

"어느 쪽이지?"

엘락의 대답이 들려왔다.

'이제 곧 나타난다. 다음 블럭의 건물이다.'

"응, 고맙다."

벨드는 가볍게 몸을 날리더니 고양이처럼 조용한 걸음으로 다음 건물의 옥상에 착지했다.

―차악!

주변을 둘러본 그는 난간 끝으로 걸어가 아래를 내려다보왔다. 한쪽 벽면이 무너져 내린 건물을 본 벨드는 그곳이 둔켈들이 출몰한 곳임을 확신했다.

"여기로군. 내려가 볼까?"

'잠깐, 누군가 이쪽으로 오고 있다.'

"아무것도 느껴지지 않는데?"

'마도력을 숨기고 있어서 너는 못 느끼겠지만, 틀림없어.'

누군가의 발자국 소리에 건물 아래를 내려다 보았다. 엘락의 말대로 누군가 좁은 골목을 걸어오는 중이었다.

어두웠기에 얼굴이 보이지는 않았지만, 호리호리한 몸매를 보아 틀림없는 여성이었다.

그녀는 틀만 남은 문을 열고 건물 안으로 들어섰다. 벽면이 없었기에 벨드 역시 그녀의 움직임을 모두 내려다 볼 수 있었다.

ㅡ끼이익!

주변을 훑어보던 그녀는 오른손으로 마도력을 끌어올렸다. 손끝으로 유형의 마도력이 50셀리가량 치솟았다. 룬아머러더라도 젊은 여성이 갖기에는 너무나 엄청난 마도력이었다. 그녀는 장난이라도 치듯 바닥을 어지럽게 그었다.

ㅡ파직! 파츠츳!

한동안 그렇게 대리석을 파괴하던 여성은 확인하듯 바닥을 쓸어보며 마도력을 회수했다.

"이 정도면 아무도 알아보지 못할 것 같군."

손을 탁탁 털며 일을 마친 여성은 고개를 들어 높은 곳을 올려다보았다. 달빛에 비춰지며 진갈색 피부를 가진 얼굴이 드러났다. 신비하리만치 투명한 초록색의 눈동자가 자신을 내려다보고 있는 벨드를 직시했다.

"구경은 끝났니?"

마도력까지 잘 숨기고 있다고 생각한 벨드는 한번에 자신의 위치를 들키자 크게 놀라 난간에서 얼굴을 빼내었다.

"뭐, 뭐지? 내가 있다는 것을 이미 알고 있었다는 것처럼……."

다시 확인하고자 난간 끝으로 얼굴을 내밀었다. 하지만 무너진 건물에는 더 이상 아무도 없었다.

"그새 돌아간 건가?"

의문을 터뜨리고 있을 때, 등 뒤에서 예의 여성의 목소리가 들려왔다.

"안녕? 처음 만나는군. 베르난드 퀼러스."

벨드는 크게 놀라 뒤를 돌아보았는데 움직임을 전혀 감지 못한 채 등을 내줬기 때문이었다. 게다가 자신의 원래 성까지 알고 있는 그녀의 존재에 대해 의문이 증폭되었다.

"당신은 누굽니까?"

문득 그녀의 뾰족한 귀에 눈이 갔다.

"요정족?"

그녀는 순순히 인정했다.

"뭐, 요정족에도 여러 종족이 있지만 크게 본다면 요정족이 맞아. 난 '아멜론 루아더스'. 어제 만났던 바케인 영감과 같이 신의 창날에 속해 있어."

"바케인이라면 어제 그 영감님 말씀이세요?"

"아주 능청스러운 영감탱이지. 인간이면서도 몇 살이나 먹었는지도 모르겠고……."

벨드는 아멜론의 얼굴을 살피며 물었다.

"어제 바케인이라는 분께도 들었는데, 신의 창날이라는 것이 뭐죠? 어떠한 단체인 것 같은데, 활동 목적은 또 무엇인가요?"

아멜론의 대답은 짧고 간결했다.

"가즈아머러들의 비밀 결사단체."

벨드의 눈이 휘둥그렇게 떠졌다.

"그럼 아멜론 씨도 가즈아머러인가요?"

고개를 끄덕인 그녀가 자신의 기운을 개방했다. 벨드의 검은 머리카락이 흩날릴 정도의 기운이 뿜어져 나왔다.

"으음……."

그 기운을 감지한 엘락의 목소리가 들려왔다.

'봄의 하급신이자, 바람을 관장하는 세인디오세스가 깃들

어 있는 가즈아머다. 어제 노인과 비등한 수준의 능력을 가진 요정족이라고 볼 수 있다.'

아멜론이 가볍게 웃으며 자신의 기운을 다시 거두어들였다.

"엘라크시어스가 설명해 주니?"

"엘라크시어스, 엘락의 원래 이름이로군요."

"신들의 이름은 너무 기니까."

"저 역시 둔켈을 피하기 위해 가즈아머의 기운을 숨기고 있었는데, 어떻게 알아보신 거죠?"

"우리는 네가 발로인에 들어서는 순간부터 주목하고 있었거든. 그 이후로 주변을 돌면서 관찰하기 시작했지."

"감시라니……."

"모든 각성을 마쳤을 때 가즈아머의 힘은 네 상상을 초월하거든. 그런 강대한 힘을 바른 곳에 사용할 수 있도록 감시하는 것도 우리의 일."

"만약 그렇지 않다면 어떻게 되는 거죠?"

"당연히 숙청 대상이 되지. 그를 제거하고 가즈아머를 회수하는 거야. 신들이 가즈아머를 세상에 내린 이유이기도하니까."

"으음……."

설명을 하던 아멜론이 화제를 돌렸다.

"그보다 지금은 그게 중요한 게 아냐. 요즘 출몰하는 둔켈들에게 신의 창날 이목이 모두 집중되어 있거든."

"역시 그렇군요."

"현자의 탑 수장인 브로이덴의 행동이 심상치 않아서 말이지."

벨드가 고개를 끄덕였다.

"저와 청동 날개 길드장이신 헥터님도 그것에 대해 주목하고 있어요. 그래서 현자의 탑이 둔켈을 소환해냈다는 증거를 잡기 위해 이렇게 찾아온 것이고요. 아멜론님도 그것 때문에 이곳에 온 것이 아닌가요?"

"뭐, 비슷하지만 조금 달라. 내가 소환 마법진을 파괴한 이유는 마법사들이 다시 사용하지 못하게 하기 위해서야. 그렇지 않다면 둔켈들의 침공 속도가 더욱 빨라질 테니까. 신의 창날 멤버가 많지 않아서 모든 공격을 막아낼 수는 없으니 그 속도라도 줄여야 하니까."

"지난번 마법진을 훼손한 것도 레기어스 플러드 경이 아니라 아멜론님이셨군요."

벨드는 의문이 생겼다.

"그렇다면 황실에 그러한 사실을 알리면 되지 않을까요?"

아멜론이 고개를 가로저었다.

"그러게 간단한 일이 아니야. 지금의 헤일런 연방왕국의 힘으로는 절대 현자의 탑에 대적할 수 없어. 즉, 황실이 그들의 야욕을 알더라도 막을 방법이 없다는 것이지. 오히려 놈들의 야욕을 자극하는 시발점이 될 뿐이야."

"현자의 탑이 가진 힘이 그렇게나 대단한 것인가요?"

"단순한 현자의 탑이 아니야. 그 뒤에 뭔가 숨겨져 있다는 것이 중요해."

아멜론은 밤하늘의 달을 올려다보았다.

"이제 돌아가야 할 시간이다."

"이대로 돌아가시려고 하는 건가요? 저는 가즈아머러로서 무슨 일을 해야 하는 겁니까?"

벨드의 물음에 아멜론이 가볍게 웃었다.

"곧 우리 중에 누군가가 너를 데리러 갈 거야. 그때까지 실력이나 열심히 키우렴. 그리고 황제의 가즈아머를 노리고 있는 레기어스 플러드를 주의 깊게 살펴. 아주 야욕 넘치는 자인만큼 가즈아머의 선택을 받기라도 하는 날이라면 상황이 엉뚱한 곳으로 흘러갈 수도 있을 테니까."

"네, 그 점은 저도 잘 알고 있어요."

"그럼 또 보자."

가볍게 윙크를 한 아멜론의 몸 주변으로 바람이 몰아쳤다. 깃털처럼 떠오른 그녀는 밤하늘로 솟구쳤고, 순식간에 모습을 감추었다. 넋을 놓고 그 모습을 보던 벨드가 중얼거렸다.

"와아! 정말 대단한 움직임인데?"

'부러워할 것 없다. 저 요정족은 가즈아머의 오너가 된지 이미 백 년이 넘었으니 그럴 수밖에. 그 노인이나 저 요정은 과거의 둔켈들과 싸우더라도 절대 밀리지 않을 정도일거다.'

"백년이라고? 전혀 그렇게 안 보이는데?"

'요정족은 원래 외모로는 판단이 불가능하다.'

"그럼 청동 날개 길드의 게하드님은?"

'헥터 영감보다는 더 나이가 많지 않을까 생각하지만 나도 잘 모르겠군.'

"아, 그렇구나."

감탄성을 터뜨리는 벨드에게 엘락이 핀잔을 주었다.

'언제까지 그렇게 서 있을거냐? 지금 여기 온 이유를 까먹은 건가.'

벨드는 어깨를 으쓱거리며 대답했다.

"어차피 현자의 탑 소행이라는 이야기를 들었잖아. 굳이 마법진을 확인해 보지 않더라도 괜찮다고 보는데."

'카일과 크리스가 마법진으로부터 어떤 실마리를 찾아낼지는 아무도 모르는 일이다. 그러니 기왕 온 김에 마법진을 살펴봐라. 그러는 편이 좋을 거야.'

"듣고 보니 그런 것 같네. 내 생각이 짧았다."

"너무 순순히 인정하는걸? 두 명의 가즈아머러들을 보니 스스로 작게 느껴지는 거냐?"

"아니라고는 말 못하겠다."

들릴 듯 말 듯 작은 목소리로 대답한 카일이 몸을 날려 무너진 건물로 뛰어내렸다.

—차악!

건물의 중심에 착지한 벨드가 주변 바닥을 살펴보았다. 역시나 이전처럼 마법진이 잘 파괴되어 미세한 흔적만이 그 자리에 남아 있었다.

"역시 빈틈없이 파괴했군. 남은 것만이라도 외워가야겠어."

엘락은 동의한다는 듯 아무런 대꾸를 하지 않았다. 황궁의 근무 교대 시간이 되기 전에 복귀해야 했던 벨드는 눈동자를 바쁘게 움직이며 마법진의 흔적들을 외워 나가기 시작했다.

CHAPTER
38

청동 날개 폐쇄

Master of Fragments

　작업 중이던 크리스는 둔켈 침공으로 인해 청동 날개 길드의 피난처에 있다가 자신의 숙소로 돌아올 수 있었다.

　밤늦게 잠든 크리스. 보통의 여자애라면 두려움으로 잠을 설칠 사건이었지만 그녀만은 예외인 듯했다.

　잠자리에 든 지 얼마 안 된 그녀는 묘한 기분이 들어 이불을 걷어내고 몸을 일으켰다.

　—휘이잉!

　바람이 불어오자 시선이 창으로 옮겨졌다.

　"창문을 열어놨었나?"

창가로 다가간 크리스는 그곳에 붙어 있는 쪽지를 발견했다.

"응? 이건 뭐지?"

쪽지에는 미완성의 마법진 그림이 그려져 있었고 그 아래에 벨드의 편지가 쓰여져 있었다.

―크리스, 이번에 발견된 마법진의 잔해야. 이전의 잔해와 비교해 봐 줘. 나는 황궁으로 돌아가야 해서 편지 남긴다. 다시 만날 때까지 몸 건강해라.

끝까지 읽은 크리스가 문득 씩씩거렸다.

"벨드! 감히 숙녀의 침실을 마음대로 들락거리다니! 다음에 만나면 가만 두지 않을 거야! 거기다가 할 일도 많은데 감기 걸리면 어쩌라고 창문까지 열어 놓고 간 거람!"

일의 중요성 따위보다 벨드의 불법 침입에 더욱 비중을 두고 있는 그녀였다.

―똑똑똑!

노크 소리가 다급하게 울렸다.

"누구세요?"

그녀의 물음에 펠러의 목소리가 들려왔다.

"펠러입니다. 크리스 아가씨."

크리스가 외투를 걸치며 대답했다.

"네 들어오세요."

문이 조심스럽게 열리며 펠러가 들어왔다. 느긋한 성격이던 평소와는 다르게 하얀 얼굴이 붉게 상기되어 있었다. 그리고 그와 함께 카일이 들어왔다. 카일은 어깨에 커다란 짐을 짊어지고 있었는데, 그가 가진 소지품의 전부인 듯했다.

"크리스! 지금 당장 짐을 꾸려. 우리, 청동 날개 길드에서 떠나야 해."

"응? 갑자기 무슨 일인데 그래?"

"자세한 이야기는 움직이면서 해줄게. 길드장님의 명령이야. 짐 꾸리는 거 도와줄까?"

"어차피 길드의 숙소니까 짐이랄 것도 별로 없어. 옷가지 몇 개가 다야."

"그럼 당장 나가자!"

크리스가 버럭 소리를 질렀다.

"이놈이나 저놈이나 왜 이렇게 매너가 없는 거니?! 옷은 좀 갈아입어야지! 빨리 가고 싶으면 어서 나가 있어!"

카일과 펠러의 등을 떠밀어 방에서 내쫓은 그녀는 문을 닫았다.

―콰앙!

카일은 그 짧은 시간도 기다리기 힘든지 제자리에서 발을 동동 구르는 중이었다. 이내 다시 문이 열리며 옷을 갈아입은 크리스가 나왔다. 손에 작은 가방 하나가 짐의 전부였다.

"대체 무슨 일이길래 이렇게 급해하는 거야? 어서 가자고!"

신경질적인 얼굴을 하는 그녀를 펠러가 안내해 주었다.

그들은 청동 날개의 뒷문으로 안내되어졌다.

그곳에는 이미 마차가 세대나 준비 되어 있었는데, 맨 앞의 마차에는 심퉁이 난 얼굴의 페이튼과 불안한 표정의 이자벨이 앉아 있었다.

그리고 뒤의 두 대에는 미케닉실의 연장과 도구들이 잔뜩 실려 있었는데, 일견에도 보통 일이 아님을 알 수 있었다.

짐이 챙겨지는 것을 확인하고 있는 헥터가 보이자 크리스가 달려가 물었다.

"길드장님! 대체 무슨 일인 거죠? 청동 날개 길드가 이사라도 가는 거예요?"

크리스를 바라본 헥터가 진지한 목소리로 말했다.

"일단 마차에 타거라. 일일이 설명해 줄 시간이 없구나."

"무슨 일인지라도 알아야……."

크리스가 고집을 부리려하자 헥터가 허리를 숙이며 그녀의 머리를 쓰다듬어주었다.

"쉬잇! 크리스, 자세한 이야기는 페이튼이 해줄 게다. 지금

가는 곳에서도 네가 하고 있을 멈추지 말거라. 네가 하고 있는 일은 조만간 청동 날개 길드에, 그리고 헤일런 연방왕국에 큰 보탬이 될게다. 그럼 다시 건강한 모습으로 보자꾸나."

진정성이 느껴지는 그의 말에 크리스는 더 이상 물을 수 없었다. 그녀는 고개를 끄덕였다.

"네, 알겠어요. 길드장님."

크리스를 향해 따뜻하게 웃어준 헥터는 몸을 일으켜 세우며 말했다.

"펠러, 식구들을 잘 부탁하네. 그럼 다들 조만간 다시 보세."

펠러가 의미심장한 얼굴로 고개를 끄덕였다.

"믿어주십시오, 길드장님."

마부의 옆에 탄 펠러가 신호를 하자 세 대의 마차가 덜커덩거리며 움직이기 시작했다. 차창 밖으로 헥터의 모습이 멀어지기 시작했다. 그의 모습이 아득해질 만큼 멀어지자 크리스가 물었다.

"대체 무슨 일인지 설명해 줄 사람?"

페이튼이 입을 열었다.

"아주 골치 아픈 일이 생겨버렸어. 조만간 청동 날개 길드는 폐쇄명령이 내려질게야."

"폐쇄명령이라니요?"

"어제 슈반스가 나타났다. 그것도 엑스터급의 둔켈을 타고 말이야."

"네엣?!"

크리스가 경악성을 터뜨렸다.

"흐음, 대체 왜 슈반스가 둔켈과 함께 나타난 것인지는 알 수 없어. 확실한 것은 슈반스가 황궁으로 침투해서 붉은 랜스 길드의 수장인 레기어스 플러드와 황궁의 룬아머러들에게 큰 피해를 입혔다는 거야."

"슈반스가 확실한 거예요?"

"룬아머를 걸치고 있어 얼굴을 확인하지는 못했지만, 기술과 룬아머가 그의 것이었다고 하더군."

"그렇다고 해서 꼭 그가 슈반스라는 말은 아니잖아요? 누군가 슈반스의 이름에 흠집을 내기 위해서……."

카일이 고개를 저으며 끼어들었다.

"벨드 역시 그의 마도력이 슈반스와 같다고 인정했어. 그나마 얼굴을 확인하지 않아서 길드폐쇄로 그친 거야. 그렇지 않았다면 반역죄가 씌워졌겠지."

"그럴 리가……."

크리스는 갑작스러운 소식에 어지러운 듯 이자벨의 어깨에 몸을 기대었다. 이자벨은 그녀의 어깨를 쓰다듬어주며 마음을 진정시켜 주었다. 크리스가 재차 물었다.

"그럼 왜 우리만 빠져나가는 거야?"

페이튼이 나직한 한숨을 내쉬며 대답했다.

"후우, 청동 날개 길드 폐쇄 명령장이 새벽에 날아왔다. 그러니 곧 슈반스와 결탁 여부를 확인할 조사원들이 들이닥치겠지. 길드가 폐쇄되면 룬아머 제작 및 수리에 관련된 모든 장비들을 몰수당하게 된단다. 헥터 길드장님은 우리를 한발 먼저 빼돌리신 게야. 그들의 관리 아래 들어가기 전에 말이야."

"그렇군요. 그래서 그렇게 서두르신 거군요."

"우리는 비전투 요원이니 크게 신경쓰지 않을게다."

"목적지는요?"

카일이 코끝을 긁적이며 대답해 주었다.

"그렇지 않아도 드레이크가에서 룬아머 제작을 위해 마련해 놓은 장소가 있어. 그곳이라면 청동 날개 길드보다 훨씬 쾌적하게 작업을 할 수가 있을 거야."

"그 짧은 시간에 잘도 준비해 놨구나."

"그러게. 내가 아무리 부정해도 드레이크가의 피는 못 속이나 보다."

더 이상 물어 볼 것이 없었던 크리스는 놀란 가슴을 진정시키기 위해 숨을 깊이 들이쉬었다.

눈동자는 창밖의 불 꺼진 거리를 바라보고 있었지만, 머릿속에는 온통 슈반스에 대한 생각뿐이었다.

*　　　　*　　　　*

─쿵쿵쿵!

아직 동이 트지 않은 이른 새벽, 청동 날개 길드의 문을 두
들기는 거친 손이 있었다.

수도방위군 장교복을 입은 남성은 뒤에 서 있는 십여 명의
부하들에게 외쳤다.

"다섯은 나와 함께 정문을, 나머지는 후문을 찾아 봉쇄하
라."

"네!"

부하들이 흩어지고 있을 때, 청동 날개 길드의 두터운 문이
열렸다. 그곳에는 룬아머러 정복을 입은 헥터가 근엄한 표정
으로 서 있었다. 그는 눈앞의 장교를 향해 말했다.

"늦었군. 황실의 손발이 되는 자가 이렇게 늦게 움직여서
야……."

그의 말에 장교는 움찔하는 얼굴이었다. 잠시 멍하니 있던
장교는 그제야 자신이 온 이유를 떠올린 듯 허겁지겁 체포장
을 펼쳐들었다.

"헥터 길버트 경. 황제 폐하의 명으로 청동 날개 길드를 폐

쇄, 그에 적을 둔 자들의 신병을 구속하겠소."

헥터가 순순히 고개를 끄덕였다.

"좋아, 받아들이지."

헥터 길버트라는 이름에 잔뜩 긴장하고 온 창교는 그가 너무나 순순히 받아들이자 오히려 얼떨떨한 얼굴이었다.

"고, 고맙소!"

그리곤 배후의 부하들에게 명령했다.

"건물을 수색하고 모든 서류를 압수한다."

헥터가 중절모를 쓰고 나오며 말했다.

"수색해 봐야 아무것도 나오지 않을 걸세. 다른 길드원들은 모두 전장에 나가 있고, 이곳에 청동 날개 소속의 전투요원은 나밖에 없으니, 문에 나무판자나 박아놓는 게 그대들이 할 유일한 일일 게야."

"으음……."

미리 자신들이 올 것을 알고 준비까지 하고 있었던 헥터를 보니 용을 써봐야 알아낼 수 있는 것이 없을 것이라는 사실을 알 수 있었다.

"어차피 자네들도 해야 할 일이 있으니 마음대로 하게나. 하지만 곧 돌아오게 될 테니 너무 엉망으로 만들어 놓지는 말아주게. 집과 같은 곳에 돌아왔는데 난장판이 되어 있으면 누구라도 기분 나빠하지 않겠나?"

헥터의 눈동자가 번뜩이며 장교를 짓눌렀다.

"아, 알겠습니다. 헥터 길버트 경을 안내해라!"

두 명의 부하들이 헥터에게 붙어 그들이 타고 온 마차로 인도했다.

헥터는 청동 날개 길드의 건물을 한번 쓸어보더니 중절모를 깊게 눌러쓰며 그들을 따랐다.

*   *   *

동쪽의 들판너머로 해가 떠올랐다.

페르민 그람츠 병영에 하얀 연기가 피어오르며 아침 식사를 준비하느라 분주한 모습이었다. 야간 근무자와의 근무교대가 이루어졌고, 근무를 마친 병사들과 룬아머러들은 음식을 배급받아 식사를 하기 시작했다.

워프게이트를 담당하고 있는 병사가 따근한 스튜에 빵을 찍어 입에 넣으려 할 때였다.

―우우웅!

여러 워프게이트들 중 하나가 마법진이 발동되면서 진보라색의 빛을 발하기 시작했다.

"으음? 갑자기 발로인 수도 방위군의 워프게이트 발동하다니… 미리 연락받은 것이 없는데 무슨 일이지?"

병사는 자신의 정복을 고쳐 입었다. 혹시라도 황궁으로부터 높은 사람이 방문하는 것일 경우도 있었기 때문이다.

—지잉

빛이 갈라지며 수도방위군 장교복을 입은 사람들이 모습을 드러냈다. 어깨의 계급장을 본 병사는 가슴에 주먹을 대며 외쳤다.

"Hen dus Vict!"

앞장선 정복의 인물이 손에 쥔 두루마리를 건네주며 말했다.

"수도 방위군의 커렌더 대위다. 황제 폐하의 명으로 청동 날개 길드의 룬아머러들을 연행하러 왔다."

"처, 청동 날개 길드의 룬아머러들을 말입니까?"

"청동 날개 길드의 막사가 어느 쪽이지?"

"병영 동쪽 끝으로 가시면 청동 날개 길드의 깃발이 꽂힌 막사가 보이실 겁니다."

"알겠네. 자네는 사령관 드페인 장군께 그 체포장을 전달해 주게."

"넷! 알겠습니다."

병사는 서둘러 체포장을 들고 보고를 위해 달리기 시작했고, 수도 방위군의 커렌더와 부하들은 청동 날개 길드 막사를 향해 이동했다.

게하드가 막사 밖에서 사과를 한 입 깨물었다. 새콤한 과즙이 입 안에 감돌자 몸에 생기가 도는 듯했다.

막사의 문이 열리며 애슐리 남매가 나오고 있었다. 식사를 하지 못해 전에 비해 초췌한 모습의 애슐리가 게하드를 발견하곤 가볍게 손을 들어보였다.

"오늘도 새벽에 들어온 거야? 별다른 소식은?"

입 안의 사과를 씹어 삼킨 게하드가 대답했다.

"별 거 없었어. 지난번 일 후로 마법사들이 경계를 강화했는지, 흔적을 깨끗하게 지우고 다니나 보더군. 분명 복귀 마법을 사용하고 있을 거야. 사과 좀 먹겠어?"

사과를 내민 손을 내려다보던 애슐리는 고개를 저었다.

"별로 생각 없어."

"가젤은?"

기지게를 크게 피던 가젤이 성큼 걸음으로 다가와 사과를 건네받았다.

"당연히 먹어야지."

덩치 큰 가젤의 손에 들어간 사과는 안타까울 정도로 작아 보였다. 그것을 한 입 크게 베어 물자 이미 반이 없어졌다. 우물거리며 먹고 있을 때, 게하드의 뾰족한 귀가 움직였다.

"으음? 무슨 일이지?"

"왜? 둔켈이라도 쳐들어오기 시작한 거야?"

게하드는 대답 대신 지휘막사 쪽을 바라보았다.

그곳에는 장교복을 입은 딱딱한 분위기의 커렌더가 그람츠 주둔군의 헌병들을 이끌고 다가오고 있었다.

사과 반쪽을 입에 털어 넣은 가젤이 고개를 갸웃거렸다.

"장교복을 보아하니 수도 방위군 소속인 것 같은데, 여기는 무슨 일이지?"

게하드가 몸을 일으켰다.

"분위기를 보아하니 우리를 향해 오는 것 같은데?"

"그래? 뭔가 소식을 전하러 온 건가?"

"이야기를 들어봐야 알겠지."

청동 날개 길드의 막사 앞에 도착한 커렌더가 게하드와 애슐리 남매를 바라보았다. 그리고 등 뒤의 막사를 향해 외쳤다.

"청동 날개 길드의 룬아머러들은 나와서 황제 폐하의 명을 받으시오!"

게하드의 얼굴에 의문이 떠올랐다. 그는 애슐리에게 작은 목소리로 말했다.

"분위기를 보아하니 기쁜 소식은 아닌 것 같은데, 짐작되는 거 있나?"

애슐리의 얼굴에 짜증이 묻어났다.

"내가 알 리가 없잖아? 발로인에서 가장 마지막에 온 사람은 게하드라고."

"하긴……."

그들이 대화를 나누고 있을 때, 클라크와 플라드를 비롯하여 막사에서 쉬고 있던 청동 날개의 룬아머러들이 모두 나오고 있었다.

클라크가 눈을 부비며 하품을 했다.

"난 새벽 근무였다고. 잠을 좀 자게 놔두면 안 되나?"

칭얼거리던 그는 주변을 둘러보니 묘한 대치상황이 벌어져 있음을 느꼈다.

가젤의 곁으로 다가가 옆구리를 찔렀다.

"가젤, 이 장교들은 뭐지? 무슨 일 때문에 이 아침부터 발로인에서 찾아온 거야?"

"글쎄, 막 오자마자 다 나오라고 소리 지르고 있는 거야. 나라고 이유를 알리가 없지. 어디 한 번 들어보자고."

가젤을 포함하여 스무 명의 룬아머러들이 의문을 품은 눈으로 커렌더를 바라보았다.

눈으로 룬아머러들의 숫자를 세던 그는 고개를 갸웃거렸다.

"으음, 목록상의 인원보다 한 명이 많은 것 같은데?"

게하드가 가볍게 손을 들어 올리며 대답했다.

"나는 요정족이라 차출 목록에 들어가 있지 않을 걸세. 지금은 다른 일 때문에 잠시 방문 중이지."

고개를 끄덕이며 납득을 한 커렌더가 청동 날개의 룬아머러들을 향해 외쳤다.

"황제 폐하의 명이오. 청동 날개 길드의 전 룬아머러들은 지금 당장 자신의 룬아머를 소환하여 해체하고 체포에 응하시오!"

애슐리가 자신의 귀를 의심했다.

"지금 뭐라고 했지? 왜 우리가 체포되어야 하는 건데?"

커렌더가 눈앞의 룬아머러들을 둘러보며 또박또박한 목소리로 말했다.

"어제 발로인에 둔켈의 2차 침공이 감행되었소. 동부전선에서 탈영한 슈반스가 둔켈들을 이끌고 나타나 황궁을 침공, 수많은 사상자가 나왔소. 이에 황제 폐하는 슈반스와 청동 날개 길드의 내통을 의심. 청동 날개 길드에 속한 룬아머러들에 대해 무장해제와 신병구속을 명하셨소!"

청동 날개 길드원들의 반응은 제각각이었으나 하나같이 믿을 수 없다는 표정이었다.

애슐리가 외쳤다.

"그것은 모함이다! 슈반스가 어떻게 둔켈을 이끌고 나타날 수가 있겠어! 그런 말도 안 되는 이야기를 듣고 순순히 체포를 당하란 말이야?!"

애슐리가 악에 받쳐 외치자 양측 간의 분위기가 급격하게 냉각되어 갔다.

누군가 작은 빌미라도 던진다면 당장 룬아머를 소환할 만큼 팽팽한 분위기가 오갔고, 커렌더는 양측 간의 전투가 벌어질지도 모른다는 생각에 식은땀을 흘렸다.

자신의 뒤에는 드페인 장군으로부터 지원받은 타 길드의 룬아머러들이 대기하고 있었지만, 눈앞의 붉은 머리 여자가 자신의 목 하나 잘라내는 것은 그리 큰일이 아님을 잘 알았던 것이다.

그때까지도 냉정한 얼굴로 분위기를 파악하던 게하드가 앞으로 나서서 양편 사이에 섰다.

"애슐리, 진정해. 이야기를 들어보니 감정을 앞세운다고 해결될 문제가 아닌 것 같아."

"뭐?! 그럼 저 헛소리를 받아들이라는 거야? 슈반스가 둔켈의 우두머리가 되었다는 말을 말이야?!"

게하드는 애슐리와 그 뒤에서 마도력을 모으고 있는 길드원들을 향해 외쳤다.

"이곳에서 문제를 일으켜봐야 저들의 의혹을 사실로 만드는 행위밖에 되지 않는다. 헥터 길드장님께서도 문제가 일어나길 바라시지 않을 것이다. 저자의 말에 따라 발로인으로 돌아가 사태를 확인해 보는 것이 옳다고 생각하는데… 혹시라

도 반대하는 사람 있나?'

그의 이야기를 듣고 잠시 생각을 해보던 가젤이 자신의 룬 아머를 소환했다.

—촤아앙!

검갈색의 중갑 룬아머가 그의 몸을 뒤덮자 깜짝 놀란 커렌 더가 움찔하며 한 발자국 물러섰다.

그 모습을 노려보던 가젤이 자신의 투구를 벗어 땅에 내려 놓았다. 그는 애슐리를 보며 말했다.

"난 머리가 좋지는 못하지만 이번에는 게하드의 말이 맞는 것 같수. 일단 저들과 함께 발로인으로 돌아가 어떻게 된 일 인지 알아봐야겠어."

다시 커렌더를 바라본 가젤이 눈을 얇게 뜨며 으름장을 놓 았다.

"꼭지가 돌아서 맞붙는다고 한다면 쉽게 끝나지 않을 거 요. 하지만 우리는 황제 폐하의 명을 따르도록 하겠소. 단, 아 직 우리의 죄가 입증된 것이 아니니 포박 따위를 할 생각은 하지 마시오. 문제를 일으키지 않고 그대들을 따를 테 니⋯⋯."

커렌더가 빠르게 고개를 끄덕였다.

"좋소. 귀하의 협조에 감사드리오."

애슐리는 여전히 못마땅한 얼굴이었지만, 고집을 피울 상

청동 날개 폐쇄 247

황이 아님을 알았기에 가젤의 뜻을 따를 수밖에 없었다.

다른 동료들 역시 비슷한 생각인 듯했다.

청동 날개 길드 룬아머들의 룬아머가 바닥에 쌓였다. 하지만 게하드가 전혀 움직이지 않는 모습을 본 커렌더가 물었다.

"당신은 왜 무장을 해제하지 않는 것이오?"

게하드가 가볍게 웃으며 어깨를 으쓱거렸다.

"난 요정족이오. 헤일런 연방왕국 황제를 존중하지만 그분의 명령을 따를 의무는 없지. 그리고 황제의 명에 따라 룬아머를 벗은 동료들의 방패 역할 정도는 해주고 싶소."

"하지만……."

커렌더가 뭐라 하려 하자 게하드의 목소리가 차갑게 가라앉았다.

"귀하께서 나에게 그 이상의 강요를 하거나 무력행사를 하려한다면 둔켈뿐만 아니라 요정의 도시 엘라시아와의 분쟁 정도는 각오해야 할 것이오. 물론 그전에 나의 화살은 어딘가에 꽂혀 있겠지……."

노골적인 협박이었으나 커렌더는 더 이상 그를 구속할 명분은 없었다.

"좋소. 귀하의 제안을 받아들이겠소."

게하드는 만족스럽다는 얼굴로 고개를 끄덕였다. 이렇게

게하드와 애슐리 남매, 그리고 청동 날개 길드 16명의 룬아머 러들은 커렌더를 따라 발로인으로 송환되었다.

*　　　*　　　*

이른 아침, 벨드는 황궁의 복도를 걸었다.

화려한 문양이 새겨진 대리석 바닥, 그리고 복도의 양옆으로 세워진 전대 황제들의 동상을 구경하던 벨드는 복도 끝 문에 닿아서야 걸음을 멈추었다.

―똑똑!

"하이져 단장님, 베르난드 길버트입니다."

"들어오게."

문을 열고 들어서자 하이져가 팔짱을 낀 모습으로 자신의 자리에 앉아 있었다. 벨드는 그의 앞에 서서 차렷 자세를 취했다.

"부르셨다고 들었습니다."

"으음, 편하게 쉬게."

그의 말에 벨드의 자세가 풀어졌다. 하이져의 표정을 살피니 평소답지 않게 어두워져 있었다.

"무슨 일이 있으신 겁니까?"

잠시 뜸을 들이던 하이져가 고개를 끄덕였다.

"아침부터 청동 날개 길드의 모든 룬아머러들의 무장해제 및 신병구속 명령이 내려왔다네."

"네에?!"

"헥터 단장님과 전장에 나간 룬아머러들이 모두 수도방위군 본부로 이송될 거야. 뭐, 앞으로 일이 어떻게 풀릴지는 모르겠지만, 그것만으로도 청동 날개 길드의 명예는 땅에 떨어진 것이나 다름없다네."

"으음⋯⋯."

"문제는 이 일을 타개하기 위해 움직일 수 있는 이가 없다는 것이지."

하이져의 이야기에 다른 저의가 있음을 느낀 벨드는 조용히 그의 이야기를 들었다.

"누군가는 슈반스의 뒤를 쫓아주었으면 좋겠다는 생각인데⋯⋯."

뭔가 짚인 벨드가 되물었다.

"그럼 저에 대한 처우는 어떻게 되는 것입니까?"

하이져가 가볍게 웃으며 대답했다.

"좋은 질문이네. 자네가 헥터 단장님의 조카이긴 하지만, 청동 날개 길드의 소속이 아니기 때문에 신병구속을 당하는 일은 피했네. 하지만 청동 날개 길드와 아주 관계가 없다고도 할 수 없기 때문에 황실 근위단에 계속 둘 수도 없는 애매한 위치이지. 그래서 수도방위군 사령관과 논의한 끝에 자네의 직위를 해제하기로 결정했다네."

"으음, 쉽게 말해 여기서 쫓겨나는 것이로군요?"

"그렇게 생각할 수 있겠지."

"그럼 언제부터 적용되는 것입니까?"

"내가 통보한 지금부터 자네는 황실 근위단 소속의 룬아머러가 아닐세."

"그렇군요. 감사합니다."

하이져가 피식 웃었다.

"쫓아낸 사람에게 감사하다는 말을 듣게 되니 어색하구만."

"세상에는 이상한 일들이 종종 일어나니까요. 그럼 마지막으로 경례드리겠습니다. Hen dus Vict!"

벨드가 가슴에 주먹을 올리자 하이져 역시 가슴에 주먹을 올려 그의 경례를 받아주었다. 벨드는 몸을 돌려 하이져의 집무실을 나가려 했다.

"아, 깜빡한 것이 있군. 혼자 집에 있으려면 심심할 테니 말벗할 친구를 한 명 보내주겠네."

하이져의 말을 정확하게 이해할 수는 없었다.

"네, 신경 써 주셔서 감사합니다."

그렇게 이야기한 벨드는 그의 집무실의 문을 닫고 나왔다.

벨드의 발걸음이 빨라졌다. 짐을 챙기기 위해 숙소로 돌아간 그는 룬아머 정복을 침대 위에 개어놓고는 일상복으로 갈아입었다.

—똑똑!

노크 소리가 들려왔다.

"벨드, 들어가도 되냐?"

데니언의 목소리였다.

"네, 들어오세요. 데니언 선배."

평소 붙임성 없었던 데니언이 쭈뼛거리는 모습으로 들어왔다.

벨드가 짐을 싸고 있는 모습을 보며 물었다.

"청동 날개 길드에 대한 소문은 들었다. 너는 괜찮냐?"

벨드는 그를 안심시키려는 듯 가볍게 웃으며 대답했다.

"조만간 오해가 풀릴 거예요. 꼭 그렇게 만들고 말겠어요."

"흐음, 여기서 나가자마자 슈반스님의 뒤를 쫓을 생각인 거야?"

"그렇게 해야겠죠. 지금 청동 날개 길드에서 움직일 수 있는 사람은 저밖에 없으니까요."

데니언은 침대 위에 놓인 룬아머 정복을 집어 들었다.

"이제 조금 손발을 맞춰가려고 했는데, 벌써 끝이라니 조금 아쉬운걸. 도움이 못되어서 미안하군. 이 정복은 내가 반납해 줄게."

"후훗, 네, 고마워요."

"그럼 몸조심해라."

"네, 데니언 선배도 몸조심하세요."

손을 내밀어 악수를 나눈 데니언은 더 이상 분위기를 가라앉히지 않기 위해 방을 나왔다. 그리고 금세 짐 정리를 모두 마친 벨드 역시 황궁을 떠났다.

CHAPTER 39

재회(再會)

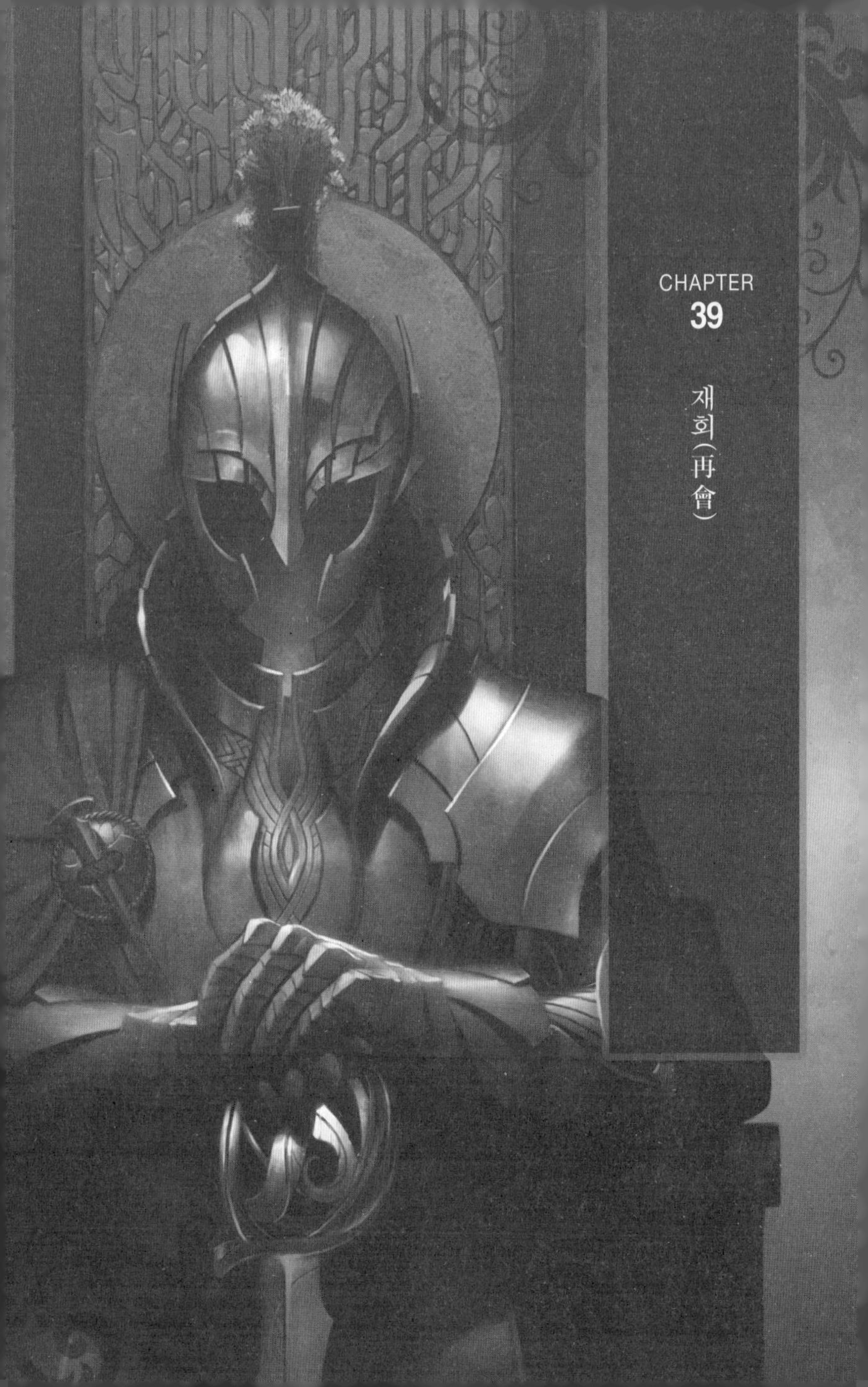

Master of Fragments

해가 질 무렵 청동 날개 길드로 돌아온 벨드는 멍하니 건물을 올려다보았다.

평소 이 시간이라면 불이 환하게 켜져 있을 건물이었지만 창은 어두운 채로 커튼이 쳐져 있었고, 사람의 기척이 전혀 느껴지지 않았다.

문에는 판자가 대어져 사람의 출입을 막아놓았다. 접근금지 명령이 쓰여진 종이가 세밀하게 붙어 있었기에 뜯어낼 수도 없었던 벨드는 나직한 한숨을 내쉬었다.

"하아, 길드 건물이 막혔을 거라고는 전혀 생각하지 못했는걸? 정말 이제 혼자가 된 건가?"

그가 방법을 찾고 있을 때, 눈앞에 가벼운 발걸음 소리가 들려왔다.

"뭘 그렇게 우거지상을 쓰고 있지?"

한동안 듣지 못했던 목소리. 혼자 남았다고 생각했었던 덕인지 더욱 반갑게 느껴졌다.

"게하드님!"

고개를 들어보니 눈부신 은발을 가진 게하드의 얼굴이 눈에 들어왔다.

"이곳에 어떻게 오실 수 있으셨어요?"

"일단 나는 요정족이니까. 원래는 길드원들과 함께 있으려고 했는 요정족이라 받아들일 수 없다고 하더군. 앞으로 어떻게 해야 할지 고민하고 있을 때, 하이져 단장이 이곳으로 가보라고 하던걸?"

"아! 그러셨군요. 보내준다는 친구가 게하드님이셨다니!"

"이거 너무 반가워하니까 오히려 부담스러운걸?"

"하하! 솔직한 심정인걸요. 그보다 어떻게 하죠? 길드에 들어갈 방법도 없고…."

건물을 올려다보던 게하드가 별일 아니라는 듯 대꾸했다.

"뭘 그렇게 샌님처럼 생각하는 거야? 고작 문 하나 막아 놨다고 들어가지 못한다고 생각하다니. 약해 빠졌군. 따라와."

게하드와 벨드는 건물의 뒤로 돌아갔다. 뒷문 역시 막혀 있었는데 마도력을 끌어올려 가볍게 뛰어오른 게하드는 4층의 창틀에 가볍게 내려앉았다. 그리곤 팔꿈치로 창문을 깨뜨렸다.

—쨍그랑!

창틀 주변을 툴툴 털어낸 게하드는 씨익 웃어보였다.

"이 상황에 헥터 길드장님이 창문쯤 깬 거 가지고 뭐라고 하시지는 않으시겠지. 어서 들어와!"

마주 웃어 보인 벨드 역시 마도력을 끌어올려 4층으로 뛰어올랐다.

그들이 들어온 곳은 헥터의 집무실이었다. 주변을 둘러보니 누군가 뒤적거린 흔적이 그대로 남아 있었다.

"샅샅이 뒤졌나 보군. 슈반스에 대한 건 우리도 잘 모르는 일인데 뒤진다고 나올 리가 없지."

벨드가 물었다.

"헥터님과 길드원들이 갇혔다면, 카일과 다른 식구들은 어디에 있는 거죠?"

"후훗, 우리 능구렁이 길드장님께서 어딘가로 빼돌렸다고 하시더군. 다른 사람들의 귀에 들어갈까 봐 어디인지 직접 말씀하시지는 못했지만 말이야."

"그럼 어떻게 찾죠?"

장난스럽게 윙크를 한 게하드가 원목 책장의 하단을 매만졌다.

마도력을 기울이자 단단하게 단단해 보이던 책장의 한 귀퉁이가 가볍게 들어갔다.

그곳에 아주 작은 틈이 있었는데, 손가락을 집어넣은 게하드는 노란색의 종이쪽지를 꺼내었다.

"여기에 넣어 놓으신 게 틀림없지."

"비밀 공간이로군요!"

고개를 끄덕인 게하드가 쪽지를 펼쳐 보았다. 게하드와 헥터만이 사용하는 암호로 남겨져 있었는데, 읽어 내려가던 게하드가 자신의 이마를 치며 외쳤다.

"하하핫! 대단한걸! 정말 아무도 눈치채지 못할 곳으로 보내버렸군."

벨드가 궁금한 눈으로 바라보았다. 하지만 쪽지를 태워버린 게하드는 어깨동무를 하며 말했다.

"내일 찾아가면 될 테니 너무 궁금해 하지 말라고. 이런 이야기는 아는 사람이 적을수록 좋으니까 말이야. 그것보다 출출한데 식사나 할까?"

"네, 알겠어요."

"너, 요리는 좀 할 줄 알아?"

"으음, 고아원에서 식사당번일 때 일을 조금 도운것 외에는 해본 적이 없어요. 게하드님은요?"

게하드의 얼굴이 참담해 졌다.

"요정족이 요리한다는 이야기를 들어본 적 있나? 거의 과일과 야채만 먹는다고. 인간들의 요리가 참 좋은데 말이야. 그래도 나보다는 경험이 있는 듯하니까 뭐라도 만들어 봐."

"네, 알겠어요."

마침 주방에 식자재가 많이 있었기에 모자란 것은 없었다. 그리고 몇 시간의 악전고투 끝에 벨드는 자신의 요리를 완성시켰고, 게하드는 수백 년간의 인생 중에 최악의 저녁식사를 그날 체험할 수 있었다.

*　　　*　　　*

아침 일찍 게하드와 벨드가 길드를 나섰다.

게하드는 뾰족한 귀를 가리기 위해 모자를 눌러썼고, 벨드 역시 수수한 옷으로 갈아입었다.

거리 곳곳을 지키고 있는 수도방위군의 병사들도 그들에게 별다른 신경을 쓰지 않는 듯했다.

벨드가 앞서 걷고 있는 게하드를 따라 붙으며 물었다.

"어디로 가는 거죠? 이제 말씀 좀 해주셔도 되지 않나요?"

어슬렁거리며 걷고 있던 게하드가 금세 발걸음을 멈추었다.

"그리 멀지 않아. 벌써 도착했는걸?"

"벌써 도착했다고요?"

주변을 둘러보니 청동 날개로부터 얼마 떨어지지 않은 발로인의 중심가였다. 있는 것이라고는 거대한 광장 하나와 헤케로스교의 교단이 있는 곳이었다.

"무슨 말씀이세요? 여기는 헤케로스교의 교단이라고요!"

"응, 우리 목적지가 바로 여기야. 후훗!"

"네에?! 그럼 카일과 청동 날개 길드 식구들이 여기에 숨어 있다고요?"

"쉬잇! 누가 듣겠다."

자신의 언성이 높아졌음을 깨달은 벨드가 숨을 죽이자 게하드가 들어가자는 시늉을 했다.

"일단 들어가자고."

둔켈의 침공 직후라 그런지 넓은 예배당에는 사람이 아무도 없었다. 그저 교단을 지키는 잡부 한 명이 헤케로스신의 동상의 먼지를 털고 그 주변을 청소하는 중이었다.

거대한 헤키로스신의 동상을 올려다보던 게하드가 피식 웃었다.

"신이 너무나 인간스럽게 생겼군. 그럼 우리 요정족이나 야수족들은 무슨 신을 믿으라는 거지?"

의미 없는 혼잣말을 던지던 게하드가 청소를 하고 있는 잡부에게 다가갔다.

"뭐 좀 물어봅시다."

수건을 어깨에 척 걸친 잡부가 귀찮다는 듯 대답했다.

"뭘 말이오?"

"우리는 100일 예배를 드리려고 하는데 어디로 가면 되겠소?"

잡부의 태도는 시큰둥했다.

"대체 무슨 소원을 빌려고 하길래 100일이나 그 적막한 데서 박혀 있으려고 한단 말이오? 헌금해야 하는 금액도 적지 않을 텐데……."

"각자의 사정이 있으니 말이오."

"뭐, 그렇겠지. 예배당의 왼편으로 가면 복도가 보일 것이오. 그곳을 따라가면 지하로 내려가는 계단이 있는데 그곳이라오."

"고맙소."

가볍게 인사를 한 게하드는 벨드를 데리고 잡부가 설명한 곳으로 움직였다.

그의 말대로 복도를 지나자 어두운 계단이 나왔다. 충분히 등을 밝힐 수 있는 곳임에도 요즘에 거의 사용하지 않는 촛불로 벽을 밝히는 중이었다.

계단을 따라 한참을 내려가니 어두침침한 작은 공간이 나왔고, 한 수도사가 후드를 깊게 눌러쓴 모습으로 책상 앞에서 졸고 있었다. 게하드가 손으로 책상을 두들겼다.

"이보시오, 수도사 양반. 좀 일어나 보시오."

"으음? 벌써 교대시간인가?"

잠이 덜 깬 얼굴로 주변을 두리번거리던 수도사가 게하드의 얼굴을 발견하더니 엄숙한 얼굴로 돌변했다.

"흠흠! 기도에 너무 심취하여 헤케로스신을 영접하였더니 정신이 없군요."

졸고 있던 자신을 그럴싸하게 포장한 수도사. 그는 충혈된 눈을 가리기 위해 후드를 더 깊게 눌러썼다.

"무슨 일로 찾아오셨소?"

수도사가 묻자 게하드가 말했다.

"100일 기도를 드리고 싶은데, 어떤 절차를 밟으면 되겠소?"

"아, 100일 기도 말씀이십니까? 본교에서는 두 가지 기도실을 마련하고 있는데, 어떤 것으로 선택하시겠습니까?"

"두 기도실의 차이가 뭐요?"

"뭐, 시설에 따라 헌금이 조금 차등 부과된다는 점이 다릅니다. 100일 기도에 20겔드짜리 방이 있고, 200겔드짜리 방도 있죠."

그렇지 않아도 숫자에 빠삭했던 게하드가 놀란 표정으로

되물었다.

"허, 참! 기도실 하나 빌리는데 200겔드나 든단 말이오?"

"침실과 욕실, 화장실이 모두 구비되어 있는데다가 식사 수준이 전혀 다르지요."

"쯔쯧, 기도를 드리러 왔는데도 호의호식을 하고 싶어하는 인간들이 있나 보군. 신 앞에서 평등하다는 말은 모두 개소리로군."

게하드의 말에 수도사가 불쾌한 표정을 지었다.

"형제님께서는 지금 시비를 걸려고 하시는 것입니까?"

상황이 상황인지라 길게 상대하고 싶지 않았던 게하드가 손을 흔들었다.

"200겔드짜리 방으로 주시오."

200겔드짜리 방이라는 말에 수도사의 입이 헤벌쭉 벌어졌다.

"아이구! 형제님께서 들어오실 때부터 어째 후광이 비춰진다 싶더니 귀인이셨던 모양이군요! 분명 어떤 소원이라도 성취하시게 될 겁니다. 암요!"

그렇게 말한 수도사는 신청 양식에 서명을 요청했고, 재빨리 움직이며 게하드와 벨드를 안내했다.

그가 말한 200겔드짜리 기도실은 굉장히 구불하고 깊은 곳에 있는 듯했다. 나뉘는 갈림길마다 수도사는 거침없이 방향을 정했는데, 몇 번인가 갈림길을 지나니 방향치인 벨드로서는 자신이 어느 방향으로 가고 있는지조차 알 수 없었다.

"뭐가 이렇게 복잡하죠?"

수도사는 아무렇지도 않게 대답했다.

"하핫, 원래 기도하는 분들께서 외부의 방해를 받으시면 안 되시니 찾기 힘들게 만들어 놓은 것이죠. 아마도 그럴 겁니다."

"아마도라는 건, 수도사님도 잘 모르신다는 말씀이신 것 같은데."

"푸하! 눈치를 채셨군요. 말단 수도사 주제에 교단에 대해 알아봐야 얼마나 알겠습니까?"

전혀 수도사스럽지 않는 그의 태도에 벨드가 고개를 내저었다.

그렇게 걷던 일행은 마지막 막다른 곳에 닿을 수 있었다. 별 특징 없는 커다란 문이 굳게 닫혀 있었는데, 수도사가 손으로 가리키며 말했다.

"바로 이곳입니다."

게하드가 문을 열려고 했지만, 문의 어디에도 손잡이가 보이지 않았다.

"아차차! 잠시만 기다리세요. 문을 열어 드리는 것을 깜빡했군요."

자신의 머리를 두들긴 수도사가 문 앞으로 다가가 두 손을 모으며 눈을 감았다.

"전능으로 우리를 보살피시는 헤케로스신이시여. 당신의 보호 아래 생명과 영광이 넘치는……."

수도사가 갑자기 기도문을 읊기 시작하자 게하드의 표정이 묘하게 바뀌었다.

"설마 신성력으로 열리는 문인가?"

벨드의 얼굴에도 의문이 떠올랐다. 마법이라면 몰라도 신성력으로 문을 열 수 있다는 이야기는 들어본 적도 없었고, 신성력 자체도 직접 목도한 적이 없었기 때문이었다.

—구우우웅!

수도사가 중얼거리며 기도문만을 읊었을 뿐인데 눈앞의 문이 자동으로 열리기 시작하자 게하드와 벨드가 탄성을 터뜨렸다.

"호오, 정말 신성력이라는 게 있나 보군?"

"그러게 말이에요."

둘이 놀라자 기도를 마친 수도사가 의기양양하게 대답했다.

"물론이죠! 헤케로스신께서는 정말 존재하시니까요. 그럼 들어가 보십시오."

방 안으로 들어가려다가 멈칫한 게하드가 물었다.

"그러고 보니 헌금 지불은 어떻게 해야 하죠?"

수도사는 눈을 피하듯 몸을 돌리며 낮은 목소리로 대답했다.

"드레이크 상가로부터 지급받을 것입니다. 들어가십시오."

그렇게 이야기한 수도사는 뒤를 돌아보지 않고 자신이 왔던 복도를 따라 사라졌다. 벨드의 얼굴을 마주보며 어깨를 으쓱거린 게하드가 열린 문으로 들어섰다.

생각보다 작은 방 하나로 연결된 침실과 기도실이었다. 방안을 둘러보던 벨드가 고개를 갸웃거렸다.

"여기가 맞는 건가요?"

게하드가 의미심장한 미소를 지으며 욕실문을 열고 들어섰다.

"훗! 욕실로 들어가서 수도꼭지를 네 바퀴 돌리라고 헥터 길드장님께서 전언하셨지."

그는 서슴없이 수도꼭지를 돌렸다. 수도꼭지를 돌렸음에도 물은 나오지 않았고, 네 바퀴를 모두 돌리자 가벼운 진동이 전해졌다. 그리곤 욕실 전체가 천천히 움직이며 한 바퀴 돌았다.

―구구궁!

욕실의 반대편 전경이 게하드와 벨드의 시야에 들어왔다.

벨드의 눈이 휘둥그렇게 떠졌다.

"와! 대단한걸?"

아주 넓은 실내, 마도석으로 작동되는 발광 마법진이 새겨진 천장으로부터 환한 빛이 내리 쬐어졌다. 그 내부에는 룬아머를 제작하기 위한 설비들이 빼곡하게 차있었는데, 단시일 내에 이것을 준비했다는 사실이 믿겨지지 않았다.

게하드 역시 탄성을 터뜨릴 수밖에 없었다.

"헤케로스 교단에 이런 규모의 밀실(密室)이 존재할 줄이야."

그들이 놀라고 있을 때, 카일의 목소리가 들려왔다.

"야! 벨드, 이제야 온 거냐?!"

고개를 돌려보니 뭔가를 들고 나르던 카일이 그들의 모습을 발견하고는 급하게 달려오는 모습이 보였다. 벨드 역시 달려가 서로 손을 마주잡았다.

"카일! 이렇게 만나니까 정말 반갑다! 언제 이런 곳을 마련한 거냐?"

"헤헷! 사실 시간이 조금 더 필요했는데, 급하게 옮기는 바람에 아직 모든 준비가 끝나지 않았어."

뒤늦게 게하드를 발견한 카일이 웃으며 말했다.

"잘 오셨어요, 게하드님."

"오랜만이군, 카일. 드레이크 상가의 핏줄이라고 하더니

이런 장소를 마련하다니 대단하군. 그보다 헤케로스 교단에 왜 이런 공간이 있는 거지?'

카일이 주변을 둘러보며 그의 궁금증을 해결해 줬다.

"아주 오래전 헤케로스 교단이 가장 번성했을 때, 엄청난 부를 축적했었죠. 그 때, 외부의 눈을 피해 금은보화들을 숨겨놓던 장소에요. 12대 교황께서 양심선언을 하고 통일 전쟁으로 피폐해진 발로인을 재건하는데 쓰여졌죠."

"호오, 그런 곳을 잘도 알아냈군."

"드레이크 상가는 헤케로스 교단의 가장 큰 헌금 납부자인 만큼 이곳을 빌리는데는 어려움이 없었어요. 동시에 신성력 때문에 현자의 탑에서도 함부로 손대지 못하는 곳이기도 하고요."

게하드는 재차 감탄성을 내뱉었다.

"정말 탁월하게 장소를 정했군."

"아, 요즘 워낙 칭찬을 많이 들으니 저도 모르게 기고만장해지는 것 같네요. 그만 하시고 다른 사람들을 만나러 가시죠. 크리스와 페이튼 아저씨가 기다리고 있어요. 그리고 이자벨도."

이자벨이라는 이름이 나오자 벨드의 표정이 밝아졌다.

"이자벨도 여기에 함께 온 거야?"

"이 녀석, 표정 봐라… 당연히 같이 왔지. 이자벨이 없으면 아무것도 못한다고."

"아하! 그렇구나!"

콧방귀를 뀐 카일이 옮기던 짐을 다시 들고서 앞장섰다.

룬아머의 주물을 뜨기 위한 설비들과 마법진 안착에 쓰이는 도구들이 공간을 가득 메우고 있었다.

두리번거리며 낯선 광경을 구경하고 있던 벨드가 물었다.

"시설이 엄청난데? 정말 너희들이 이걸 다 사용하는 거야?"

낑낑대며 짐을 옮기던 벨드가 고개를 저었다.

"우리만이라면 청동 날개 길드의 작업실이 더 효율적이라고. 하지만 거기서는 룬아머를 대량으로 생산해 내기가 힘들어. 여기만 적어도 백 명 이상의 미케닉들이 일할 예정이니까 설비의 규모도 거기에 맞춘 것이지."

"응? 백 명 이상의 미케닉이 일할 거라고?"

"어. 그 정도 인원이 되지 않으면 앞으로의 목표량을 채우기 힘들거든. 황립 룬아머 아카데미 졸업생들 중에 비밀리에 선발할 예정이야. 오래 일을 한 노장들보다는 젊은 인재를 등용하는 쪽으로 초점을 맞추려고 하고 있어. 그 편이 고집도 덜 세고 유두리 있게 움직일 테니까."

카일의 말에 투덜거리는 목소리가 들려왔다.

"노장에다가 고집도 세고 유두리 없어서 미안하군."

목소리가 들려온 곳을 바라보니 그곳에 페이튼이 짐짓 화난 표정을 짓고 있었다.

"하, 하… 이건 절대 페이튼 아저씨께 하는 소리가 아니에요. 그냥 그런 사람도 있다는 것이죠 뭐."

"그게 그거 아니냐? 여, 벨드. 잘 찾아왔군. 반가운걸?"

벨드 역시 밝은 표정으로 대답했다.

"저도 반가워요, 페이튼 아저씨. 모두들 잘 피하셔서 정말 다행이에요."

"생각보다 피신처가 가까워서 그렇게 힘든 것은 없었지. 게하드 자네도 잘 다녀왔나?"

게하드가 페이튼의 손을 마주잡으며 눈인사를 했다.

"덕분에 무사히 돌아왔습니다."

"휴우, 자네라도 남아 있으니 조금은 안심이 되는구먼."

"신뢰해 주니 고맙군요."

조금 떨어진 곳에서 크리스가 방문을 열고 나왔다. 손에 들고 있던 마법진 설계도에서 눈을 뗀 그녀가 벨드를 발견하곤 눈에 불을 켜며 외쳤다.

"야! 벨드!"

"응, 오랜만이야."

반갑게 인사를 던지고 있는 벨드를 향해 달려온 크리스가 그의 정강이를 걷어찼다.

"감히 숙녀의 방을 허락도 없이 마음대로 들락거리다니! 매너라고는 눈곱만큼도 없는 녀석 같으니라고!"

"으윽!"

정강이를 부여잡은 벨드가 울상을 지었다.

"그, 그건 그럴 수밖에 없었다고!"

그때, 자신의 방에서 나온 이자벨이 반가운 표정으로 벨드를 바라보고 있었다. 그런 그녀를 보며 크리스가 콧방귀를 뀌었다.

"흥! 이자벨, 이런 녀석이랑은 친하게 지내지 마. 허락도 받지 않고 여자 방이나 들락거리는 무례한 녀석이니까."

그렇게 이야기한 크리스는 게하드를 발견하고는 그에게 다가가 반갑게 이야기를 주고받기 시작했다.

혼자 남은 벨드는 묘하게 이자벨의 눈치를 보더니 손을 내저으며 말했다.

"크리스의 이야기가 좀 이상하게 들리긴 하겠지만, 결코 그런 게 아니야! 난 뭘 좀 전해주려고 들어간 것뿐이라고!"

다행스럽게도 이자벨의 표정은 전과 다를 바 없었다. 크리스와 카일의 이야기는 전혀 신경 쓰지 않는 듯했다.

벨드에게 다가온 그녀는 벨드의 손을 잡으며 인사를 건넸다.

'그동안 잘 지냈어요?'

벨드는 환한 표정으로 고개를 빠르게 끄덕였다.

'응, 슈반스님의 일만 아니라면 크게 나빴던 일은 없어.'

'다행이에요.'

'이자벨도 많이 놀랐지? 갑자기 이곳으로 도망치다시피 오게 됐으니.'

이자벨은 빙긋 웃으며 고개를 내저었다.

'아니에요. 스릴 넘치고 좋았는걸요? 작업할 수 있는 환경도 훨씬 좋고요.'

'괜찮은 것 같아서 다행이다.'

심언으로 대화를 하고 있는 둘을 향해 눈꼴 시린 표정을 짓던 카일이 툭 끼어들었다.

"야, 방에 짐이나 풀어. 감히 형님 앞에서 연애질이라니."

직설적인 카일의 말에 벨드가 말을 더듬었다.

"여, 연애라니? 그냥 오랜 만에 봐서 반가워서 그런 거라고!"

"이런 책임감 없는 놈 같으니라고! 만날 때마다 이자벨의 손을 주물럭 주물럭거리면서 히히덕거리더니 이제 와서 연애하는 게 아니라고? 그럼 이자벨은 누구한테 시집가라는 거냐?"

"야! 손잡는다고 다 결혼하는 거냐?"

"옴마나? 의외로 굉장히 개방적인 녀석일세? 벨드 너 그렇게 안 봤는데……."

둘의 대화를 듣고 있던 이자벨이 자신도 모르게 웃음을 터뜨렸다. 소리가 들리지 않았지만 배를 부여잡은 모습과 표정만으로도 그녀가 얼마나 크게 웃고 있는지 알 정도였다.

그녀가 웃는 모습을 본 벨드와 카일은 잠시 넋을 잃었다. 한 사람이 웃는 모습이 이렇게까지 아름다울 수 있다는 사실을 처음 알았다는 듯. 그렇게 웃던 이자벨이 눈을 깜빡이며 둘을 급히 얼굴을 붉히며 시선을 피했다.

"어디가 내 방이라고?"

"내, 내가 안내해 줄게. 어서 가자."

"으, 응! 고맙다."

둘은 짐을 챙겨 부지런히 움직였고, 이자벨은 그들을 보며 재미있다는 듯 미소 짓고 있었다.

CHAPTER 40

엘라크시어스

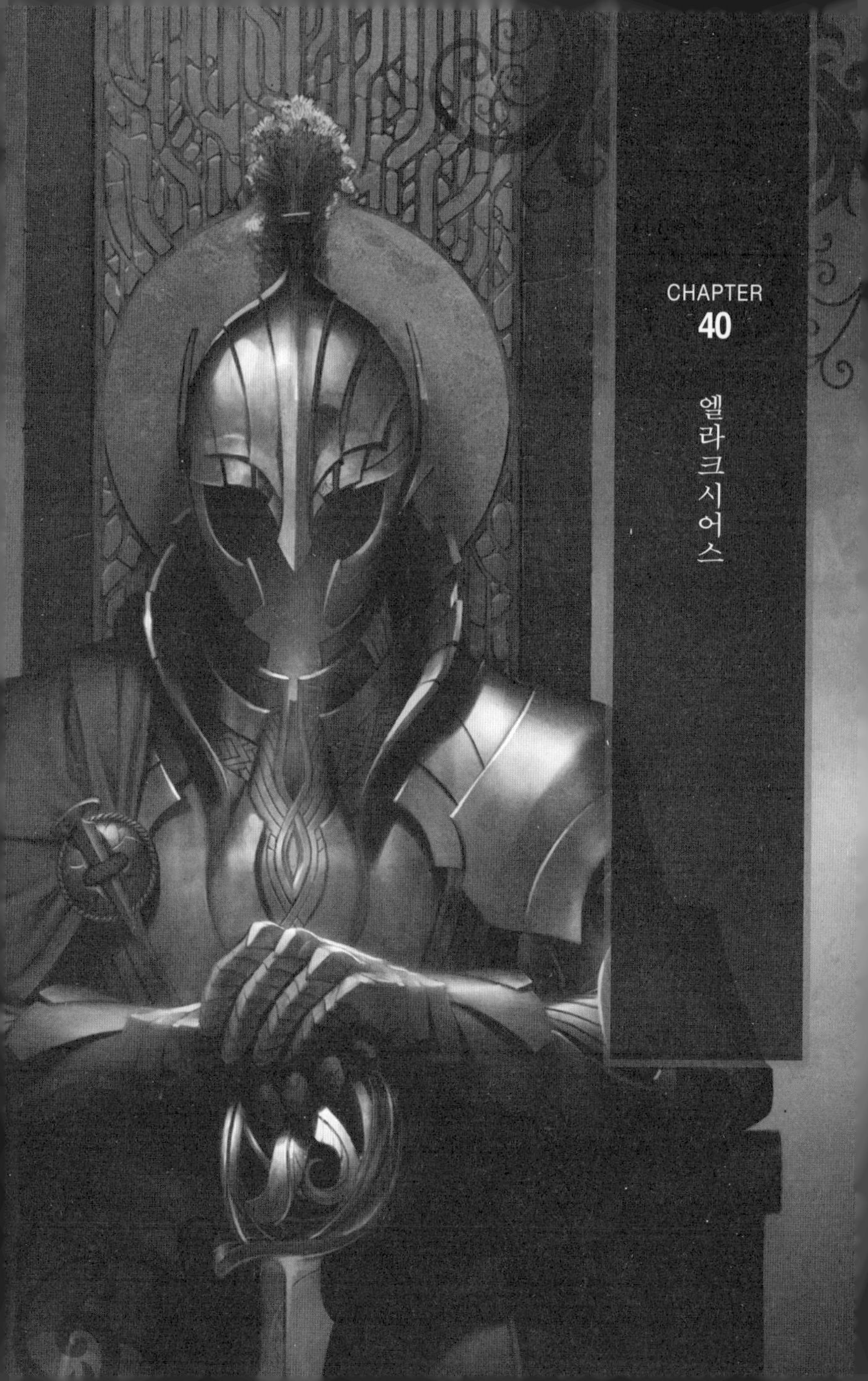

Master of Fragments

헤케로스 교단에 몸을 숨긴 벨드 일행은 저녁 무렵이 되자 한 자리에 모여 앉았다.

전날 새벽부터 부랴부랴 짐을 챙겨 떠나온 차였기에 짐을 정리하랴, 적응하랴 정신없었던 것이 이제야 조금 진정이 되었던 것이다.

응접실로 아늑하게 꾸며진 방 안, 아주 오래된 벽난로에 불이 타들어 가고 있었다. 실내가 춥지는 않았지만, 다들 따뜻한 불을 원했기에 페이튼이 불을 붙였다.

그들 사이에 한동안 침묵이 흘렀다. 정적이 깨져 버린다면 너무나 무거운 이야기가 나올 것임을 모두 알았던 것이다.

페이튼이 장작을 하나 벽난로에 던져 넣으며 무릎을 딛고 일어섰다.

"후우, 그래서 이제 게하드와 벨드는 어떻게 할 예정인 겐가? 우리야 할 수 있는 것이라곤 헥터 길드장님 말씀을 받들어 룬아머를 계속해서 만드는 것밖엔 없는데……."

소파에 몸을 반쯤 뉘인 채 생각 중이던 게하드가 붉은 포도알 하나를 입에 넣으며 대답했다.

"현자의 탑을 뒤지려고 합니다. 결국 모든 문제의 근원은 현자의 탑. 그것밖에는 방법이 없겠죠."

손을 모은 채 그의 이야기를 듣고 있던 벨드가 조심스럽게 입을 열었다.

"그럼 우린 언제 떠나죠?"

게하드는 포도알 하나를 더 입에 넣으며 고개를 저었다.

"우리가 아니라 나 혼자다."

벨드의 표정이 딱딱하게 굳었다.

"그게 무슨 말씀이세요?"

"우리 둘이 가더라도 현자의 탑과 정면으로 부딪혀 얻어낼 수 있을 것이 없다. 내가 가는 것은 그저 슈반스에 관한 정보를 수집하기 위한 것이다."

"제가 방해가 될 것이라는 말씀이신가요?"

잠시 뜸을 들이던 게하드가 부정하지 않았다.

"벨드, 너는 이제 상당히 강력한 힘을 가지게 되었다. 하지만 그것이 절대적인 것은 아니란 것이다. 만약 그랬다면 슈반스를 그대로 돌려보내지 않았겠지. 상처가 될지 모르겠지만, 지금 네 모습을 그대로 받아들여라."

벨드의 고개가 천천히 끄덕여 졌다. 게하드의 말에 틀린 점이 없었기 때문이었다.

"게하드님 말씀이 맞아요. 제가 힘이 더 있었다면 슈반스님을 가볍게 제압하고 이곳으로 모셨겠죠."

"뭐, 자책할 필요는 없다. 아직 가즈아머의 주인이 된지 고작 반년밖에 되지 않았으니… 앞으로 더욱더 강력해질 것이다. 그러니 지금은 위험에 뛰어들기보다는 네 자신을 돌보는 것이 우선이다."

"네, 게하드님. 알겠어요."

"좋다."

고개를 치켜 올린 벨드가 물었다.

"게하드님께서는 언제 현자의 탑으로 가실 생각이십니까?"

"지체할 시간이 없어. 오늘 새벽 현자의 탑으로 갈 생각이다."

"부디 조심하십시오."

게하드가 고개를 갸웃거리며 눈썹을 들어 올렸다.

"으음? 의외로 쉽게 수긍하는걸?"

"게하드님의 말씀이 틀리지 않았으니까요."

"그렇게 생각한다면 다행이군. 그럼 난 잠시 눈을 붙이러 가야겠다. 내일 아침이면 돌아와 있을 테니 그때 이야기 하자고."

"네, 게하드님."

몸을 일으킨 게하드는 조용히 그들의 대화를 듣고 있던 일행들에게 저녁 인사를 하며 자리를 떴다.

카일이 생각에 빠져 있는 벨드에게 조용한 목소리로 물었다.

"너, 게하드님의 뒤를 따라갈 생각이지?"

벨드가 입술을 매만지며 대답했다.

"생각 중이야."

"내가 볼 때 이번만은 게하드님의 말씀을 들어야 할 것 같아. 더 이상 문제가 생긴다면 정말 수습할 수 없을 거야."

눈을 돌려보니 이자벨 역시 카일의 말에 동의하는 눈치였다.

"흐음, 알았어. 다들 그렇게 말한다면 어쩔 수 없지."

벨드가 힘없는 얼굴로 자리에서 몸을 일으켰다. 걱정이 되었던 카일이 그의 눈치를 살피며 말했다.

"기분 상한 거냐?"

"아니, 사실을 그대로 받아들이는 거야. 아직 혼자서는 아무것도 못하는 내 자신에게 실망하는 중이야. 그럼 난 먼저 쉴게."

그렇게 말한 벨드가 방을 나서자 조용히 그들의 대화를 듣고 있던 이자벨이 몸을 일으켜 그의 뒤를 뒤따랐다. 벽난로에서 시선을 떼지 않고 있던 크리스가 들릴 듯 말 듯한 목소리로 말했다.

"벨드는 엄청 분한 걸 거야. 눈앞에서 슈반스를 보고서도 지켜내지 못했으니까. 저 멍청이가 그것을 자신의 탓이라고 여기지 않았으면 좋겠다."

카일 역시 걱정이 되었지만, 벨드에게 어떠한 조언도 해줄 자신이 없었기에 타들어가는 장작을 애꿎게 괴롭힐 뿐이었다.

벨드는 방으로 돌아와 침대 위에 외투를 벗어 놓았다. 침대에 걸터앉은 그는 자신의 오른손을 들어 올려 가즈아머의 인을 바라보았다.

검은색으로 진하게 새겨진 눈꽃 모양의 인장.

"엘락, 난 얼마나 더 강해질 수 있냐?"

'흐음, 내가 누누이 말했을 텐데. 아직 넌 애송이일 뿐이라고. 앞으로 수십 년만 더 있으면 자연스럽게 강해질 수 있을

것이다.'

"그때까지 기다릴 수가 없어."

'힘이라는 것은 원한다고 해서 마음대로 얻을 수 있는 것이 아니다.'

벨드는 침대에 몸을 뉘이며 팔로 빛을 가렸다.

"슈반스님과 헥터님께 수련을 더 받았다면 지금보다 훨씬 강해질 수 있었을 텐데…….'"

'글쎄… 헥터 노인과 슈반스는 인간치고는 제법 강하다고 말할 수 있다만, 이미 지금의 넌 그들을 뛰어넘었다. 전투경험만 쌓인다면 그들을 상대하는 것은 아무것도 아니지.'

"하지만, 다시 나타난 슈반스님은 굉장히 강했다고! 내가 전력을 다한다고 해도 제압을 하지 못했을 거야!"

'흐음, 그 점은 나도 이해가 되지 않는 부분이야. 분명 다시 나타난 슈반스는 과거에 비해 비약적으로 강해진 상태였지.'

"으음…. 슈반스님께서 갑자기 강해졌다면 나 역시 단시일 내에 강해질 방법이 아주 없는 것은 아니겠지."

노크 소리가 들렸다.

─똑똑!

몸을 일으킨 벨드가 방문을 열자 이자벨이 서 있었다.

"이자벨?"

그녀는 크고 맑은 눈으로 벨드의 얼굴을 살피고 있었다. 왜 그런 표정인지 잘 알았던 벨드가 머리를 긁적이며 말했다.

"나 때문에 걱정을 했구나?"

벨드의 말에 이자벨이 고개를 끄덕이더니 그의 손을 끌어 당겼다.

'벨드에게 무슨 말을 해야 할지 모르겠어요. 힘들어 하는 모습을 보고 있으니 마음이 아픈데, 내가 도와줄 수 있는 일이 없다는 게 너무 슬퍼요. 하지만 난 꼭 벨드가 원하는 것을 이룰 거라 믿고 있어요. 그러니 지금 힘이 들더라도 고개를 숙이지 말아요. 벨드는 어려움을 이겨낼 힘을 가지고 있으니까요.'

벨드의 가슴 한구석이 뭉클해짐을 느꼈다. 자신을 위해 눈물을 글썽이며 진심으로 걱정해 주는 눈앞의 이자벨의 존재감이 점차 가슴을 가득 채웠다.

—와락!

벨드는 이자벨의 팔을 끌어당겨 허리를 감아 안았다. 그리곤 탐스럽게 부풀어 있는 그녀의 입술에 자신의 입술을 가볍게 포개었다. 이자벨의 가녀린 어깨가 가볍게 떨렸고, 두 눈은 살포시 감겼다.

—스윽.

벨드가 입술을 떼자 이자벨의 얼굴이 석양처럼 붉게 물들었다. 벨드 역시 자신의 행동에 놀라고 있었지만, 내색치 않았다.

"고마워, 이자벨. 날 그렇게 걱정해 줘서."

'아, 아니에요.'

벨드는 그녀의 머리카락을 귓가로 쓸어 넘겨주며 말했다.

"이자벨 말대로 이런 일로 풀죽어 있지 않을게. 그러니 앞으로는 걱정하지 않아도 돼."

의지가 담긴 벨드의 얼굴을 본 이자벨이 눈가의 눈물을 닦아내었다.

'네, 벨드를 믿어요.'

이자벨의 머리를 쓰다듬은 벨드가 따뜻하게 웃어 보였다.

"난 이제 괜찮으니까 이자벨도 이제 돌아가서 쉬어. 내일부터 다시 룬아머 제작을 해야 하잖아?"

'벨드의 얼굴을 보니까 한결 안심이네요. 그럼 저도 돌아갈게요.'

그렇게 이야기한 이자벨은 환한 미소를 지어보이며 벨드를 향해 가볍게 손을 흔들어주었다.

이자벨이 자신의 방으로 돌아가자 벨드는 급히 벗어 놓았던 외투를 챙겨 입었다. 엘락의 질투 어린 목소리가 들려왔다.

'너, 감히 이자벨의 입술을 탐하다니!'

벨드는 건성으로 대답했다.

"신이면서 인간의 사랑을 질투하다니 부끄럽지도 않냐?"

'흥! 원래 신들도 똑같이 느끼고 반응하는 거다. 그보다 갑자기 왜 옷을 챙겨 입는 거냐?'

"문득 강해질 방법을 찾았어. 이자벨의 위로가 도움이 됐나 봐."

'강해질 방법?'

벨드는 외투의 단추를 잠그더니 탁상 옆에 놓인 종이에 짧은 문장의 편지를 남겼다.

"그들을 찾아갈 거야."

'대체 누구를 말이냐?'

벨드의 푸른 눈동자가 맑게 빛났다.

"신의 창날… 그들이 뭔가 길을 제시해 줄 거야."

그렇게 대답한 벨드는 가벼운 발걸음으로 자신의 방을 나섰다.

헤케로스 교단을 나온 벨드는 주변을 둘러보았다.

"가장 높은 곳이 어디지?"

높이 치솟아 있는 종탑을 발견한 벨드는 그곳을 향해 빠르게 달렸다.

─파앗!

도움닫기를 하며 뛰어올라 낮은 건물의 지붕을 밟은 그는 점차 높은 곳으로 향했다. 종탑 건물에 가까워지자 마도력을 끌어올려 몸을 날렸다.

벨드의 신형이 높이 솟구쳤다.

"하얏!"

종탑의 중간 부분에서 난간을 밟은 그는 다시 한 번 도약하여 종탑의 꼭대기에 가볍게 착지했다.

산뜻한 바람이 불어왔다. 종탑 아래로 발로인 시내의 광경이 한눈에 들어왔다.

둔켈의 공격으로 인해 파괴된 가로등.

그렇게 찬란하고 화려하던 도시에 듬성듬성 어두움이 깔려 있었다. 잠시 상념에 젖어 있던 벨드가 엘락을 불러냈다.

"엘락, 가즈아머의 기운을 방출해 줘."

'알았다.'

─쏴아…….

벨드의 몸 주변으로 냉기가 뿜어져 나왔다. 금속으로 만들어진 종(鐘)에 하얀 서리가 내려앉았다. 벨드의 눈은 예리하게 주변의 변화를 감지하는 중이었다. 그러던 중, 능청스러운 노인의 목소리가 등 뒤에서 들려왔다.

"먹을 것 좀 준비했느냐?"

벨드가 뒤를 휙 돌아보았다. 온갖 신경을 곤두세우고 있었음에도 그의 움직임을 전혀 눈치채지 못했던 벨드는 허무한 표정을 지었다.

"역시, 대단하시군요. 잔뜩 신경 쓰고 있었는데도 기척을 전혀 못 느꼈어요."

"뭐, 오래 살다 보면 별별 쓸데없는 기술이 생기기 마련이지."

종탑의 난간에 누더기 망토를 덮어쓴 바케인이 쭈그리고 앉아 있었다. 그는 난간에서 늙은 몸을 내리며 말했다.

"이제 됐으니 가즈아머의 기운을 거두어 들여라. 그렇게 대놓고 광고하다간 엄한 놈들까지 몰려들지도 모르니까."

벨드가 가볍게 웃으며 가즈아머의 기운을 거두었다. 서리가 내려앉았던 종의 표면에 물기가 반짝이고 있었다.

바닥에 털썩 주저앉은 바케인이 턱을 궤며 물었다.

"가즈아머의 기운을 마구 방출한 것을 보니 일부러 나를 불러내기 위해 그런 것 같은데… 뭔가 할 말이라도 있는 것이냐?"

바케인의 얼굴을 물끄러미 바라보던 벨드가 대답했다.

"얼마 전 아멜론님께 신의 창날에 대한 이야기를 들었어요. 가즈아머러 결사라는……."

"흐음, 그 까만 요정족은 입이 너무 싸서 탈이야. 네 녀석에 대한 평가가 '레벨 그린'으로 바뀌긴 했지만, 다른 멤버들과 상의도 없이 다 말해버렸다니… 그래서 하고 싶은 말이 뭐냐?"

　벨드는 주먹을 굳게 쥐며 말했다.

　"강해지고 싶어요! 그런데 혼자서는 아무리 생각해 봐도 방법을 모르겠어요! 결국 신의 창날 분들밖에 없더군요."

　"헤엥! 왜 남에게 기대려고 하는 것이냐? 그리고 가즈아머러인 이상 시간이 지나면 자연스럽게 강해질 수 있는데 뭘 그렇게 서두르는 것이냐?"

　"바케인님처럼 느긋하게 기다릴 여유가 없어요! 제가 더 빨리 강해져야만 동료들에게 힘이 되어 줄 수 있단 말이에요!"

　"흐음, 아무리 서두르더라도 안 되는 것은 안 되는 것이다. 내가 신이 아닌 이상에야 갑자기 네 녀석을 강하게 만들어 줄 수 있겠느냐?"

　강경한 부정에 벨드의 얼굴이 시무룩해졌다.

　"그럼 방법이 없는 건가요."

　고개를 떨구고 있는 벨드를 보며 바케인이 답답하다는 듯한숨을 쉬었다.

　"녀석, 네 녀석은 아직 자신이 가지고 있는 힘조차도 다 꺼내지 못했으면서 더 많은 것을 갖으려고 하고 있다."

　"무슨 말씀이시죠? 제가 가지고 있는 힘이라니요? 제 마도력이 마이스터급이긴 하지만 모두 끌어내더라도 바케인님이

나 아멜론님과는 비교가 되지 않을 정도에요. 그 이상의 힘은 가지고 있지 않다고요."

바케인이 이마의 주름살을 찌푸러뜨렸다.

"쯔쯧, 정말 아무것도 모르고 있나보군. 가즈아머가 왜 위대하다고 생각하는 거냐?"

"그야, 마도력을 빠르게 쌓을 수 있도록 도와주는 것 아닌가요? 뭐, 엘레멘트 속성도 부여해 주고……."

"허헛, 엘라크시어스가 아무것도 안 가르쳤나 보군. 그와 사이가 나쁘냐?"

"뭐, 아주 나쁜 편은 아닌데 매번 아웅다웅하긴 하죠."

"엘라크시어스의 장난이 지나치군."

바케인의 말에 뭔가 짚이는 것이 있었던 벨드가 엘락에게 물었다.

"너 나에게 말하지 않은 것 있냐?"

엘락은 심드렁한 목소리로 대답했다.

'나에게 뭐 물어본 적 있었냐? 제 멋대로 다 아는 것처럼 고집부리더니.'

"그래도 기본적인 것은 가르쳐 줘야 할 것 아냐?!"

'흥! 가즈아머 해제하는 법 정도는 가르쳐 줬지 않냐?'

벨드는 머리가 지끈거림을 느끼며 이마를 매만졌다. 그 모습을 보던 바케인이 가볍게 웃으며 말했다.

"가즈아머러는 자신의 가즈아머를 무한히 신뢰해야 한다. 유사인종의 능력은 유한하기 때문에 자신의 힘만으로 모든 것을 하려고 해서는 안 되는 것이다. 뭐, 너의 경우에는 엘라크시어스의 비위를 좀 더 잘 맞춰줘야겠군. 원래 빙결계의 하급신들은 성격이 째째한 면이 있거든."

"정확히 엘락의 성격을 아시는군요?"

엘락의 목소리가 여지없이 머릿속에서 울려 퍼졌다.

'뭐, 뭐라고! 내가 어디가 째째하다는 거냐!'

"거봐, 고작 그런 이야기로 성질내고 있잖아? 째째하지 않다면 가볍게 웃어넘기고 말겠지."

엘락은 말문이 막혀 더 이상 아무런 말을 하지 못했다.

바케인이 고개를 내저었다.

"쯧, 둘 사이에는 아직도 풀어야 할 숙제들이 많겠군."

그렇게 이야기 한 바케인은 종탑의 난간으로 기어 올라갔다.

"뭐, 앞으로의 숙제를 받았으니 난 이만 돌아가 보마. 그리고 앞으로 날 찾을 때는 무식하게 가즈아머의 기운을 개방하지 말거라. 언제 둔켈들이 널 노리고 달려들지 모르니까."

"그럼 어떻게 하죠?"

"가즈아머끼리는 연결되어 있으니 엘락에게 부탁해라. 바쁜 일이 없다면 찾아와 주도록 하지."

"네, 알겠어요."

고개를 끄덕인 바케인이 몸을 날리려 할 때 벨드가 불렀다.

"저, 바케인님!"

"왜 부르느냐?"

"조언 감사드립니다."

"흥! 조언을 해줬다고 해서 네가 강해진다는 보장은 없다. 열심히 해봐라, 어린 놈! 네 녀석이 우리에게도 전력이 된다고 판단되면 다시 찾아오겠다."

"네, 기다리고 있겠습니다."

바케인은 미련 없다는 듯 자신의 누더기 망토를 펼치며 종탑 아래로 뛰어내렸다. 벨드가 달려가 종탑 아래를 바라보았지만, 어디로 갔는지 이미 바케인의 모습은 보이지 않고 있었다.

"정말 바람같이 와서 바람같이 사라져 버렸군."

혼자남은 벨드는 종탑의 벽에 기대어 앉았다. 하늘에 매달려 있는 두개의 달을 멍하니 바라보던 벨드가 엘락에게 말을 걸었다.

"엘락."

'왜 부르느냐?'

"지금까지 친구처럼 지냈는데, 이제 와서 신이라고 예의를 갖추긴 어색하다. 그 부분은 이해해줘."

'포기한지 오래이니 마음대로 해라.'

잠시 뜸을 들이던 벨드가 입을 열었다.

"지금까지 멋대로 고집 부려서 미안하다."

'갑자기 징그럽게 왜 그러는 거냐? 이제 와서 나에게 바라는 것이 있는 거냐? 네 몸에 얹어 사는 기생충처럼 대할 때는 언제고.'

"그때는 아무것도 몰랐으니까. 그것 때문에 화난 거야?"

'화났다고 한다면 쩨쩨하다고 놀리려고 하는 것이냐?'

"아니, 네 속내를 알아야 비위라도 맞출 것 아니겠어? 진지하게 물어보는 거다."

'흐음, 처음엔 화가나 미치고 팔짝 뛸 정도였지만 금세 익숙해지더군. 아! 하나만 빼고.'

"뭔데?"

'이자벨과 입맞춤 할 때는 정말 화가 치밀더군. 참느라 애썼다.'

"그, 그건 나도 생각지 못했던 행동이다."

둘 사이에 다시 정적이 흘렀다. 손가락으로 자신의 무릎을 두들기던 벨드가 용기를 내어 말했다.

"엘락, 네게 도움을 구하고 싶다. 내가 강해질 수 있도록 도와주지 않을래?"

'호오, 그 더럽던 성격까지 바꿀 정도로 강해지고 싶은가

보군.'

"나로선 정말 절실하니까. 또, 곰곰이 지난 일들을 되짚어 보니 능력도 없는 주제에 네게 너무 건방졌다는 생각이 들기도 하고."

늘 짜증이 묻어 있던 엘락의 어투가 부드러워졌다.

'뭐, 네 녀석이 아주 마음에 들지는 않지만, 무능한 파트너보다는 이 몸의 위대함을 잘 살릴 수 있는 파트너가 더 좋긴 하겠지.'

"그럼 도와주는 거냐?"

'완전히 결정한 것은 아니다. 생각해 본다는 것이지.'

긍정에 가까운 엘락의 대답에 벨드는 미소를 지었다.

"너, 바케인님 말처럼 째째한 녀석은 아니구나?"

'내가 아니라고 했잖냐. 우선 파트너는 서로 믿는 데서 시작하는 거다!'

"너 지금 파트너라고 인정한 거냐?"

'으음, 그렇게 꼬투리를 잡아버리다니?'

"신이 한 입으로 두말하는 거 아니다."

'신은 정신체이기 때문에 입이 없다.'

"말이 많이 늘었군. 처음에는 대꾸도 잘 못하더니."

'다 네 덕이다. 반쪽짜리 주제에 감히 신을 성장시키다니 말이야.'

"후훗, 칭찬으로 받아들이지."

엘락이 아무런 말을 하지 않자 벨드는 조용히 기다렸다. 투덜투덜해도 엘락이 이미 자신의 진심을 느꼈다는 사실을 알고 있었기 때문이었다.

엘락이 평소처럼 툴툴거리는 목소리로 말했다.

'쳇, 좋다. 네 부탁을 들어주도록 하지. 하지만 앞으로는 내 어드바이스에 절대적으로 복종할 것. 알겠냐?'

벨드의 표정이 눈에 띄게 밝아졌다.

"고맙다! 엘락."

'기왕 이렇게 된 거, 늦었지만 들려줄 이야기가 있다. 원래대로라면 처음 만났을 때 해줬어야 할 이야기지만, 이제야 하게 되는군.'

벨드는 슈반스의 저택에서 엘락과 투닥거리던 날을 떠올리며 웃음을 터뜨렸다.

"후훗, 아무것도 몰랐을 때였으니까. 계속 이야기해줘."

'흐음, 사람들은 가즈아머에 대해 잘못 이해하고 있다.'

"어떤 점이?"

'신들은 인간에게 가즈아머라는 힘을 내려준 것이 아니다.'

"무슨 말이지?"

'둔켈이 침공해 왔을 당시, 중간계는 놈들에게 어떠한 저

항할 힘도 없었다. 둔켈이 추악한 모습을 하고 있지만, 그 본질은 마계를 지배하는 마신(魔神)의 대리체. 인간의 나약한 마법과 요정족의 정령, 야수족의 주술 따위는 둔켈군단에게 장난과 같은 것이었지.'

"으음……."

'신성계의 신들은 둔켈의 침공을 내려다볼 수 밖에 없었다. 직접 현신했다가는 마계와 신성계의 전면전으로 번져나갈 수 있는 위험한 상황이었지.'

"흥미로운 이야기군."

'하지만 두 손 놓고 중간계가 농락당하는 모습을 볼 수 없었던 신들은 자신들이 깃들 유사인종들을 선택했다. 즉, 신의 힘이 깃든 가즈아머를 입혀 싸울 수 있는 육체가 필요했던 것이지.'

"그렇다면, 유사인종이 가즈아머를 사용한 것이 아니라, 가즈아머가 유사인종의 육체를 사용했다는 말이 되는 건가?"

'당연한 것이 아닌가? 감히 중간계의 존재들이 신을 이용한다는 것은 말이 되질 않지.'

"따지고 보니 네 말이 맞군."

'하지만 엄밀히 따진다면 파트너의 관계였다. 가즈아머러가 자신의 역량을 넘어서게 되면 가즈아머가 육체를 지배하여 인간의 능력을 뛰어넘게 된다. 얼마 전 슈반스가 펼친 최후의 일격을 바케인이 막아낸 것이 그것이다. 그때 그의 몸을 움직인 것은 바케인이 아니라 검술의 신, 에리얼이었다.'

"그, 그렇군!"

벨드는 그제야 바케인과 가즈아머에 대해 완전히 이해할 수 있었다. 그리고 얼마나 자신이 우둔한 행동을 했는지 절실히 깨달았다.

"그럼 이제 무엇을 해야 하지?"

'신이 깃드는 것에 익숙해져야 한다. 처음 유사인종의 육체는 두개의 정신체가 한 몸에 깃드는 것에 반발하게 된다. 하지만 반복을 통해 육체는 두 개의 정신력에 적응을 하게 되고, 가즈아머의 뜻을 자연스럽게 받아들이게 되지.'

"네가 내 몸에 들어온다는 생각을 하니 께름칙하긴 하지만, 해보겠어!"

'우선은 인적이 없는 곳으로 자리를 옮겨야 한다. 내 능력을 본격적으로 방출하게 되면 주변이 피해를 입게 될 테니…….'

벨드는 자리에서 벌떡 일어났다.

"발로인 밖으로 나가 적당한 장소를 찾아봐야겠다. 편지를 남기고 나왔으니 한동안 돌아가지 않더라도 놀라지는 않을 거야."

'행동이 빠르군. 그 점은 늘 마음에 든다.'

고개를 끄덕인 벨드는 마도력을 끌어올리며 종탑 밖으로 몸을 날렸다.

옆 건물의 지붕에 착지하여 빠른 속도로 달렸다. 차가운 바람이 볼을 때렸지만 나쁜 촉감이 아니었다.

"엘락, 하나만 더 물어보자."

'물어봐라.'

"방금 전에도 그랬고, 예전부터 날 반쪽짜리라고 부르는 이유가 뭐냐?"

'정말 모르는 건가?'

"응, 모르니까 물어보는 거지."

'너, 요정족과 인간의 혼혈이라는 사실을 정말 모르고 있었나 보군. 네 부모 중 한 명은 틀림없는 요정족이다. 아마 아버지 쪽이 맞겠군.'

"으엑? 뭐라고?!"

빠른 속도로 달리던 벨드는 충격으로 인해 마도력이 흐트러졌다. 단순한 호기심으로 꺼낸 이야기에서 출생의 비밀을 듣게 되리라고는 상상조차 못했기 때문이었다.

건물과 건물을 뛰어넘고 있던 그의 몸은 힘을 잃고는 건물 벽에 부딪히며 추락했다.

―찌이이익!

차양막을 찢으며 땅으로 떨어진 벨드는 멍하니 하늘을 바라보며 중얼거렸다.

"내, 내가 하프카스트(혼혈:Half—Caste)란 말이야?!"

'응, 그것도 상당한 순수성을 가진 요정족의 피를 물려받은 것 같다.'

"넌 그럼 처음부터 내가 하프카스트라는 사실을 알고 있었던 거냐?"

'뭐, 당연한 것 아닌가?'

"당연?"

'난 요정족에게 맞춰 내려진 가즈아머. 네가 요정족의 피를 가지고 있지 않았다면 널 선택하지도 않았다는 것이지.'

벨드는 그 자리에 그대로 누워 오랜 시간동안 어두운 하늘을 바라보았다. 언젠가 알기를 포기한 자신의 출생의 비밀은 그의 이성을 강하게 흔들어 놓고 있었다.

『조각의 주인』 4권에 계속…

이제부터 전자책은

이젠북

www.ezenbook.co.kr

❧ 새로운 세계가 열린다! ❧

한백림 『천잠비룡포』   천중화 『그레이트 원』
좌백 『천마군림』   송진용 『몽검마도』
현대백수 『간웅』   김석진 『더블』
김정률 『아나크레온』   백연 『생사결−영정호우』
임준후 『켈베로스』   예가음 『신병이기』
진산 『화분, 용의 나라』   남운 『개방학사』

이름만 들어도 황홀할 정도의 별들의 향연!

이들의 "유료연재"가 시작됩니다!

검색창에 **이젠북** 을 쳐보세요! ▼ 🔍

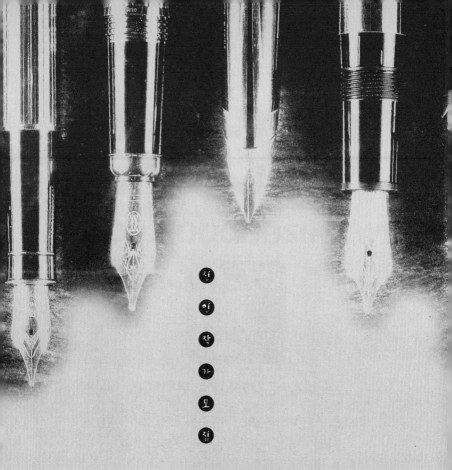

신

인

작

가

모

집

시작이 반이라고 했습니다.
작가의 길에 대한 보이지 않는 벽을 과감히 깨뜨리십시오!
청어람은 작가 지망생 여러분들의
멋진 방향타가 되어드리겠습니다.

저희 도서출판 청어람에서는
소설 신인 작가분들을 모집합니다.
판타지와 무협을 사랑하시는 분들의 많은 참여를 바랍니다.
소정의 원고(A4용지 150매)를 메일이나 우편으로 보내주시면
검토 후 출판 여부를 알려드리겠습니다.

주소:경기도 부천시 원미구 심곡2동 163-2 서경B/D 2F 우편번호 420-822
TEL:032-656-4452 · **FAX**:032-656-4453
http://**www.chungeoram.com**
e-mail:chungeoram@chungeoram.com

백미가 新무협 판타지 소설

FANTASTIC ORIENTAL HEROES

천선지가

불의의 사고로 죽은 청년 이강
그를 기다린 것은 무림이었다!

어느 날
그에게 찾아온 운명,
천선지서.

각인 능력과 이 시대엔 알지 못한 지식으로
전생에서 이루지 못한 의원의 꿈을 이루다!

『천선지가』

하늘에 닿은 그의 행보가 시작된다!

Book Publishing CHUNGEORAM

유행이아닌 자유추구 ~
WWW.chungeoram.com

FUSION FANTASTIC STORY
월문선 장편 소설

화려한 귀환

머나먼 이계의 끝에서
다시 돌아온 남자의 귀환기!

『화려한 귀환』

장점이라고는 없던 열등생으로 태어나,
학교에서 당하는 괴롭힘을 버티지 못하고
자살이라는 극단적인 선택을 하게 된 남자, 현성.

"돌아왔다……. 원래의 세계로!"

이계에서 죽음을 맞이하게 된 현성은
자신을 죽음으로 내몰았던 현실 세계로 돌아오게 된다!

고된 아픔들, 그리웠던 기억들.
모든 것을 되살리며 이제 다시 태어나리라!

좌절을 딛고 일어나 다시 돌아온
한 남자의 화려한 이야기!
이보다 더 '화려한 귀환'은 없다!

FUSION FANTASTIC STORY
건(建) 장편 소설

컨트롤러

Controller

세상에게 당한 슬픔,
약자를 위해 정의가 되리라!

『컨트롤러』

부모님의 억울한 죽음.
더러운 세상에 희롱당해
무참히 희생당한 고통에 분노한다!

"독하게… 살아가리라!"

우연한 기회를 통해 받은 다른 차원의 힘.
억울함에 사무친 현성의 새로운 무기가 된다.

냉정한 이 세상을 한탄하며,
힘조차 없는 약자를 대변하고자
내가 새로운 정의로 나서겠다!

이휘 판타지 장편 소설

FANTASY FRONTIER SPIRIT

IAN REYNOR

이안
레이너

끊어진 가문의 전성기.
무너진 영광을 다시 일으킨다!

『이안 레이너』

백인대장으로 발령받은 기사, 이안
부하의 배신으로 인해
낯선 땅에 침범하게 된다.

"살고 싶다… 반드시 산다!"

몬스터들이 우글거리는 척박한 환경에서
새로운 힘을 접하게 된다.

명맥이 끊겼던 가문의 영광!
다시 한 번 그 힘을 이어받아,
과거의 명예를 되찾으리라!

Book Publishing CHUNGEORAM